现 代 动 漫 教 程

非 线 性 编 辑 教 程

◎ 丛 书 主 编　房晓溪

◎ 丛 书 副 主 编　刘春雷

◎ 编　　　著　房晓溪　黄　莹　马双梅

印刷工业出版社

内容提要

　　本书从介绍非线性编辑软件Adobe Premiere Pro的应用、非线性编辑工艺流程以及当前主流非线性编辑系统的应用入手，通过对典型实例的讲解，详细介绍了当代影视创作中非线性编辑的核心技术。本书理论与实践相结合，适合作为数字媒体、广播电视、动画等相关专业的教材，也可作为对非线性编辑技术感兴趣人员的自学参考书。

图书在版编目（CIP）数据

非线性编辑教程／房晓溪主编.—北京：印刷工业出版社，2009.1
现代动漫教程
ISBN 978-7-80000-797-2

I.非…　II.房…　III.动画－图形软件－教材　IV.TP391.41

中国版本图书馆CIP数据核字（2008）第201690号

非线性编辑教程

丛 书 主 编：房晓溪
丛书副主编：刘春雷
编　　　著：房晓溪　黄　莹　马双梅

策　　　划：陈媛媛	
责任编辑：郭　平	
出版发行：印刷工业出版社（北京市翠微路2号　邮编：100036）	
经　　　销：各地新华书店	
印　　　刷：河北省高碑店市鑫宏源印刷包装有限公司	
开　　　本：787mm×1092mm　　1/16	
字　　　数：260千字	
印　　　张：10.5	
印　　　数：1～3000	
印　　　次：2009年1月第1版　　2009年1月第1次印刷	
定　　　价：25.00元	
ISBN：978-7-80000-797-2	

如发现印装质量问题请与我社发行部联系　　发行部电话：010-88275707　88275602

现代动漫教程

编委会名单

主　任：房晓溪

副主任：刘春雷

委　员：潘祖平　周士武　纪赫男　宋英邦　沈振煜

　　　　周海清　丁同成　王亦飞　吴　佩　骆　哲

　　　　杨　猛　梅　挺　李　俊　严　顺　张仕斌

　　　　毓　鑫　张　宇　颜爱国　程　红

现代动漫教程

序

　　21世纪，以创意经济为核心的新型文化产业已经成为当今发达国家的经济发展支柱，而在这个产业队伍中，动画产业异军突起，已经成为和通信等高科技产业并行的极具发展潜力和蓬勃朝气的生力军。相比之下，我国的动画产业存在从业人员数量不足，尤其是中高级的创作型人才更是奇缺；动画作品缺乏鲜明的民族特色；对宝贵的民族文化资源发掘利用不足；动、漫画的自主研发和原创能力相对较低等问题。针对这一现状，国家在政策、资金等方面对动漫创意产业加大了扶持力度，不仅推出一批动画产业基地科技园区，还建立了一定数量的民营动画公司大规模参与制作，积极寻找民族化的动画产业振兴之路。全国各地高等院校纷纷成立动画学院和创办动画专业，制订了中长期的人才培养计划，为国产动画创作培养艺术与技术结合的复合型专业人才。尽管如此，动画理论研究的严重滞后，一定程度上制约了动、漫画作品艺术水平的提高，影响了动、漫画产业化的进程，因此急需一批高质量的动画理论著作进行学理化的规范，并对创作实践进行指导。

　　《现代动漫教程》在充分认识动画发展历史的基础上，紧密结合创作实际，对动、漫画的本质特征和创作思维特点进行了深入的探讨和研究，清晰梳理了动、漫画理论体系，对于动、漫画的创作及教学工作具有一定的指导意义和学术价值。

房晓溪

2008年5月

前　言

　　本书从介绍当代影视创作中非线性编辑技术的工艺流程、核心技术概念以及当前主流的非线性编辑系统的应用等入手，通过对典型实例的全面讲解，详细介绍了主流的非线性编辑软件Adobe Premiere Pro各个功能模块的特点，并将非线性编辑技术应用于创作实践之中。力争从技术和艺术两方面出发，让读者了解影视动画非线性编辑的相关知识，为学习掌握影视动画制作打下坚实基础。

　　本书最大特色是注重理论与实践相结合、艺术与技术相结合，充分利用学生善于读图的形象思维方式讲解知识要点，便于学习掌握。本书适合于高等学校的数字媒体技术、广播电视、动画、游戏、新闻传播、网络传播、计算机科学与技术等相关专业作为教材，也适合于电视制作人员、动画与游戏开发人员、多媒体设计开发人员和相关专业的教师等作为提高性读物。

编　者

2008年12月

目 录
contents

第1章
当今主流非线性
编辑设备扫描

主要内容　本章对主流的几种非线性编辑软件系统和配套硬件设备进行较为详细的介绍，并总结了若干数字非线性编辑技术的发展方向。

本章重点　Avid 系列非线性编辑系统、Final Cut Pro 系列非线性编辑系统、Premiere 非线性编辑系统、Fire/Smoke非线性编辑系统、DPS 非线性编辑系统、DVStorm 非线性编辑系统

本章目标　了解非线性编辑软件系统和配套硬件设备

1.1 Avid系列非线性编辑系统

Avid公司是一家在计算机图像领域规模庞大、技术先进的老牌美国公司，在非线性编辑领域至今仍处于领先地位。现向大家介绍其DS和Avid Xpress Pro非线性编辑系统。

1.1.1 DS非线性编辑系统

DS非线性编辑系统是Avid公司系列非线性编辑系统中的高端产品，在高性能硬件环境下配合功能强大的DS V6.0版本的软件，能够实现全线非线性联机、脱机和电影编辑功能。压缩比小，运算速度快，能满足电影制片厂、电视台、制作公司等各种用户层次的需要。在此基础上集成了以前Avid公司高端合成软件Media Illusion模块，合成特效功能非常强大，可以说是目前功能最为全面的非线性编辑系统，如图1-1所示。

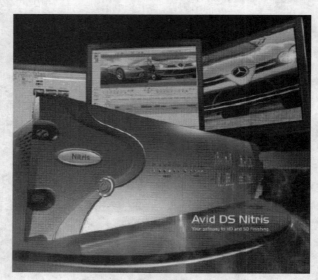

图1-1 Avid公司的DS非线性编辑系统

1.1.2 Avid Xpress Pro非线性编辑系统

Avid公司在NAB 2003上向公众展示了Avid Xpress (r) Pro 编辑软件系统和 Avid Mojo (tm) 硬件系统。Avid Xpress (r) Pro 编辑软件系统是新一代非线性编辑软件，而Avid Mojo (tm) 硬件系统则是轻便的、Avid新一代数字化非线性加速硬件设备即Avid DNA (tm) 设备。Avid Xpress (r) Pro软件系统和 Avid Mojo (tm) 硬件系统的联合使用，可以极大增强当今个人计算机用户处理媒体资源的能力，使用户可以在Windows XP平台和Macintosh OS X平台中以真正实时的方式发送视频、电影、进行音频编辑、完成DV和模拟输出操作。Avid Xpress (r) Pro 软件系统还提供对24p数字化视频工程的支持，使用自动化的专家级色彩修正技术，另外还可以通过标准FireWire (r) 电缆连接发送未压缩视频媒体资源。图1-2是Avid Xpress Pro的编辑工作界面。图1-3是Avid Xpress Pro非线性编辑系统全套软硬件。

图1-2　Avid Xpress Pro非线性编辑系统操作界面(自动校色)

图1-3　Avid Xpress Pro非线性编辑系统全套软硬件设备图(带Mojo硬件)

1.2 Final Cut Pro系列非线性编辑系统

Final Cut Pro系列非线性编辑系统是美国Apple公司充分吸收Avid MC系列等成熟非线性编辑系统优势而设计开发的一系列数字非线性编辑系统。该系统产品按其功能分成多个不同档次的产品以适应不同用户的需求。

具体来说，Final Cut Pro是用于苹果机的编辑软件包，能够进行视频编辑、合成及制作特效，用户界面也设计得相当不错。

Apple Final Cut Pro在与品尼高公司的CineWave系列或AJA的Kona系列采集卡一起使用时，可以进行硬件的实时设置与选择使用软件的其他实时功能。

Final Cut Pro也适用于电脑笔记本的编辑工作，它从RAM中读取过渡（Transition）和字幕（Title），因此能够以Mac G5 500MHz或更高的频率进行实时预览。专家们最欣赏它的功能强大的校色工具（Color Correction Tool）和友好的用户界面。对于想制作用于"高清"HDTV产品的用户来说，Final Cut Pro是最经济的解决方案，图1-4是Final Cut Pro在Mac G5上运行的情形。

图1-4　Final Cut Pro非线性编辑系统工作界面

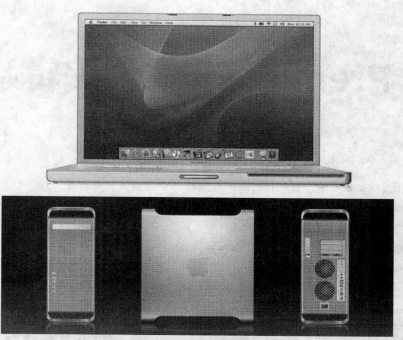

图1-5　Final Cut Pro软件得到苹果G5台式机和笔记本硬件性能上的强大支持

1.3 Premiere非线性编辑系统

　　传统的非线性编辑系统经过较长时间的发展已经非常成熟，随着PC软硬件技术的飞速发展，PC机的性能也得到了很大的提高，因此，MC系列的MC 9000，MCXpress， Media 100等非线性编辑软件纷纷都推出了运行PC机Windows NT平台上的版本，这使得非线性编辑系统的成本大幅度降低。同时原本在PC机上运行的非线性编辑软件也不甘人后，随着新版本的不断涌现，功能较以前也有了很多的改进，其中尤以Adobe公司出品的Adobe Premiere Pro软件为代表，图1-6是Premiere Pro非线性编辑系统的工作界面，图1-7 是Pinnacle公司的ReelTime广播级视频采集卡。

图1-6　Adobe Premiere Pro更加方便专业的操作界面

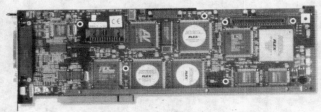

图1-7　Pinnacle公司的ReelTime广播级视频采集卡

1.4 高端Unix平台上的 Fire/Smoke系统

Fire/Smoke系统是Discreet公司推出的高端非线性编辑系统。Smoke可以说是缩小的Fire，在SGI Octane 2中运行，它是集成的单一系统，只能以HD或SD一种格式进行操作。

Smoke支持24p 2K的重放功能，还提供了实时互动的Full RGB 4∶4∶4分辨率的改进后的3D DVE模块。

通过Smoke，编辑人员可以轻松进行实时HD Master操作，并能以多种数字格式输出结果。和Fire一样，Smoke 5支持OMFI，从而能轻松导入Avid的EDLs和Sequence。

Smoke具有强大的颜色调节功能和细致的跟踪控制，并提供多种插件，非常适合于高端商业广告节目的编辑与合成。价格根据系统配置而有所不同，如图1-8所示。

图1-8 Smoke非线性编辑系统硬件配置

1.5 经济方便的DPS非线性编辑系统

　　DPS的Velocity系列是其主流的非线性编辑产品，它将实时硬件和功能强大的软件完美结合在一起，能够以压缩/非压缩方式捕捉影像，并能编辑用电脑制作的动画和多种格式的静态图像。

　　使用松下WJ—MX20 Swither技术的Multi Camera Webcasting功能、Realtime Webstreaming功能以及互联网上的各种免费插件都能与3ds Max、Maya、After Effect等软件和Velocity集成使用。用于影像合成的专业软件Digital Fusion可以在Velocity Timeline上直接联动运行，使用户能制作出更高级的影像作品。

　　作为DPS Velocity 8.0的新功能，它支持实时"Garbage Mattes"（垃圾挡板）、Multi-Camera（多摄像机）编辑、Alpha通道的视频文件实时编辑、用户可选的A/X/B或单轨（Single Track）编辑模式，此外还提供了将新型合成软件"Digital Fusion DFX+"直接与时间线（Timeline）集成的功能，如图1-9、图1-10所示。

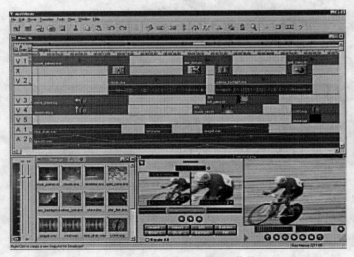

图1-9　DPS非线性编辑软件工作界面

图1-10　DPS Velocity实时图形采集加速卡

1.6 DVStorm非线性编辑系统

DVStorm系统可以说是PC平台性价比最好的DV解决方案，最新的是由日本Canopus公司于2003年9月中旬推出的2.0版本，它的特点是添加了实时3D过渡效果（Transition Effect）、增加了颜色调节功能，并提供MPEG编码与编辑工具和改进后的捕捉功能。DVStorm 2.0应用Canopus DVCodec这样的独家技术，为用户提供稳定的实时操作性能和Multi-track编辑功能。

DVStorm 2.0的实时编辑功能更为优越，它提供28个实时2D/3D Transition Effect、新的3D Picture Transition以及15个3D Xplode Transition。

此外它还提供White Balance和Black Balance等新型视频过滤器，并添加了颜色调节功能。在视频捕捉方面，DVStorm 2.0的特点是能对单独路径进行扫描和捕捉（Single Path Scan/Capture），利用新添加的OHCI卡，可以从Multiple DV Input同时捕捉视频。

DVStorm 2.0除了提供本公司生产的MPEG工具以外，还提供了Canopus实时MPEG硬件编码模块StormEncoder。StormEncoder将DVStorm的MPEG声频编码技术与松下的MN85560 MPEG编码技术相结合，从而生成制作DVD与Video Stream所需的视频和音频，并提供VBR和CBR选项（1-15MB）。对于音频来说，它能够以16位48kHz支持PCM和MPEG Layer两种格式。

DVStorm 2.0的用户如果使用StormEncoder，并配合使用Canopus的MediaCruise Control软件，就可以从DV和Analog Source直接对MPEG-1和MPEG-2文件进行实时编码。Media Cruise Control软件的用户图形界面（GUI）使用方便，能轻松进行视频捕捉和编码工作。

Canopus提供了用于基础编辑的MPEG编辑工具MpegCutter、用于高级Desktop Search与MPEG文件预览的MpegExplorer，以及将高比特率的MPEG文件高速转换为低比特率文件的MpegRe-encoder，如图1-11、图1-12所示。

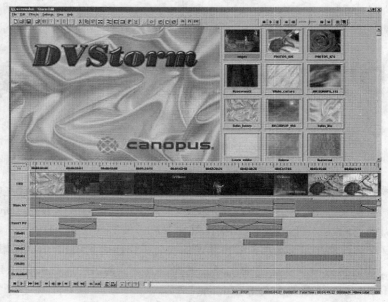

图1-11　DVStorm非线性编辑软件工作界面

图1-12　DVStorm系列图形采集加速卡能够实现从DV到"标清"视频的实时编辑

1.7 非线性编辑技术发展方向

　　随着计算机图像技术和数字视频技术以及多媒体技术的不断发展，数字非线性编辑技术从诞生到现在短短20年的时间里取得了巨大的发展，已经达到一个较为成熟的水平。无论在电影剪辑、电视编辑、广告及片头制作还是电视直播转播等方面都得到广泛的应用。硬件性能不断提高，软件版本不断升级，种类也不断扩充，运行平台包含了PC机，Macintosh（苹果）及工作站等多种平台，产品系统从上百万的高端设备到几万甚至几千的低端设备一应俱全，相互间的兼容性及对网络的支持都比较好，能够满足多方面的需求。

　　当然这一切并不说明非线性编辑技术已经发展到了极限，相反，非线性编辑系统计算机硬、软件，网络及技术应用方面还存在相当广阔的发展空间。

　　在计算机硬件方面，中央处理器（CPU）的运算速度是制约非线性编辑系统运行速度和工作效率的一个重要因素，主要反映在系统启动时间和编辑结果生成时间上面。无论是后期的导演还是制作人员，相信不会有人会满足于非线性编辑系统的运算速度，对于我们来说，运算速度总是越快越好。这方面以Intel公司为代表的PC处理器生产厂商已经取得巨大的成功，高端非线性编辑系统SoftDS就是采用的Intel公司提供的奔4服务器XEON芯片（双CPU），如图1-13所示。

　　由于视频图像的数据量非常大，计算量非常繁重，这就涉及文件存储介质——硬盘和专用图像芯片（显卡）的性能。先对专用图像处理芯片进行讨论。由于中央处理器运算能力有限，远远不能满足非线性编辑中压缩编码以及解压缩回放的计算量，因此则需要专门的视频图像处理芯片对这种工作加以处理，完成JPEG、M-JPEG等压缩解压缩的运算。而现在的一些高品质视频图像处理器还能实现传输控制、视频显示以及图形加速等功能，承担了中央处理器（CPU）和其他硬件的一部分工作，提高了非线性编辑系统的整体性能。因此，专用图像处理芯片的运算速度及性能设计需要不断地提高和完善。其中，Nvidia、ATI等公司的图像显示芯片厂商也随着时间推移不断推出高性能的图形芯片。图1-14（a）是丽台Winfast A400 TDH显卡，图1-14（b）是另一主要显卡厂商的ATI X600XT显卡。

　　要实现编辑过程中视频信号的高保真和无压

图1-13　泰安(TYAN)S2735主板支持Intel
至强(XEON)双CPU

11

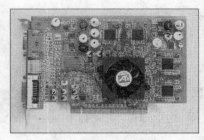

(a) 丽台Winfast A400 TDH显卡　　　　　　(b) ATI X600XT显卡

图1-14

缩，必须有大容量的高速硬盘。大容量高速SCSI硬盘及其硬盘阵列在专业高端的非线性编辑系统上应用较为普遍，低端PC机上IDE硬盘的容量和速度也在不断地提高，现在苹果公司已经推出基于IDE硬盘的光纤磁盘阵列（X-Raid），读写速度能够达到150 M/s以上，完全能够满足从"高清"到DV的实时无压缩采集和编辑，如图1-15所示，相信将来还会有长足的发展。

图1-15　苹果公司推出的高速光纤磁盘IDE阵列

　　网络化是计算机技术发展的趋势，同样也是非线性编辑技术发展的趋势。通过网络我们可以实现编辑素材及成果的共享，甚至可以实现多个非线性编辑系统的协同编辑。这样，网络的传输速率就成为影响非线性编辑系统网络化的一个决定因素。现在普遍应用的100兆高速以太局域网技术其理论带宽虽然可达100 Mbps，但由于其占先式的传输协议（CSMA/DA）造成其传输效率随节点（node）的增加而下降，传输速率经常只有十几兆甚至几兆，不能满足大量视频数据传输的需要。而最近发展起来的ATM高速宽带光纤维传输网络由于其传输速率非常快，已在Avid等非线性编辑系统上得到一定的应用，相信随着ATM宽带网络技术的发展和完善，非线性编辑系统网络化能够逐渐实现。Avid公司针对DV平台推出的LanShare网络素材服务器解决方案在网络化非线性编辑方面是非常有代表性的好产品。如图1-16所示，几十台上百台Avid XpressDV非线性编辑系统可以同时使用服务器上的DV素材。

　　Avid Unity LANshare EX是Avid Unity共享存储产品系列的新成员，该产品是一款中等规模的产品，能够为一些小的工作组提供优质服务。在这些小的工作组中通常都包括有高清晰度要求和低清晰度要求的

图1-16　Avid Unity LANshare EX
硬盘阵列存储设备

客户，在完成各种工程项目的时候通常都需要足够的存储空间。LANshare EX系统在其集成的服务器和存储底盘中既可以使用光纤也可以使用以太网进行互连，既可以为使用脱机清晰度的系统提供简单、低成本的连接，也可以为后期制作时所需较高清晰度的系统提供强大的、高带宽连接。这种组合的方式意味着在为工作组提供高效率的同时可以有效地削减成本，可以极大地改善使用超过两个系统的工作组的实际工作流程，为整个工作组带来极大便利。

非线性编辑技术的软件，其发展的速度超过了硬件，这一点从现在五花八门的PC平台非线性编辑软件就可见一斑。在操作系统的移植方面，非线性编辑软件已经有了长足的发展，例如Avid公司的MC系统非线性编辑软件已成功地移植到PC平台上。软件的图像算法设计、特技效果功能、插件部分、运行速度及稳定性、与操作系统及硬件的接口设计等诸多方面已经发展得较为成熟。苹果公司推出的Final Cut Pro系列软件自推出几年时间以来，凭借其优异的性能在电视电影的创作中也有大量的应用。尽管这些方面的发展在短时期内仍没有尽头，但发展的空间非常广大。

随着计算机软硬件及网络化的发展，非线性编辑系统在功能、运行速度及稳定性等方面都将会有进一步的扩充和改善。因此，其应用范围也会有很大的提高，从单纯的影视后期制作发展到网络协作编辑、现场编辑、远程编辑、实时编播等诸多方面，非线性编辑技术的发展及应用一定会有一个光辉灿烂的明天。

本章小结

本章从计算机技术出发，向读者介绍了当今最为主流的非线性编辑系统设备，并总结了非线性编辑系统在各方面的发展趋势，为大家进行具体学习和使用非线性编辑系统打下坚实的基础。

思考与练习

1. 了解并熟悉当前主流的数字非线性编辑系统的名称及性能特点。
2. 讨论思考主流非线性编辑系统的各种技术指标及软件特点。
3. 参观专业非线性编辑机房。

第2章

Premiere Pro
功能模块的操作

本章在介绍 Premiere Pro 软件功能和操作
界面的基础上，讲解 Premiere Pro 的整个
操作流程与步骤。

Premiere Pro 整个操作流程与步骤
Premiere Pro 主要功能模块的基本操作

了解 Premiere Pro 软件功能
熟练掌握 Premiere Pro 软件功能和操作界面

2.1 新建项目

启动Premiere Pro软件之后，出现一个对话窗口，如图2-1所示。

(a)Premiere Pro启动后的工作界面

(b)选择New Project按钮,新建一个项目,在项目设置窗口中
选择DV-PAL设置,命名后点击OK即可

图2-1

专业指点

要打开已有的项目文件，则选择Open Project按钮。

在项目设置窗口中，制作不同格式的节目 (PAL / NTSC)，选择不同的设置，也可以使用Custom Settings模块自定义节目的格式。

项目的存储路径（Location）可以按Browse按钮进行设置，项目的相关设置，采集的视频素材，以及制作过程中产生的临时文件都存储在选择的路径下。因此，应该将项目文件存放在空间较大的磁盘中。

2.2 影像采集

如果DV摄像机与IEEE1394接口（火线）都已连接好，或是影像采集卡与录像带（DV录像带或BetaCam录像带支持Deck Control），就能够方便地进行影像采集的操作。

选择菜单命令File/Capture，或按快捷键F5，打开影像采集窗口，如图2-2所示。

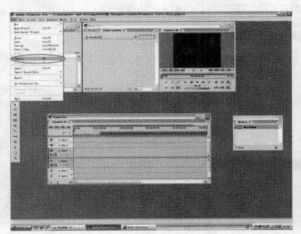
(a)选择菜单命令File/Capture

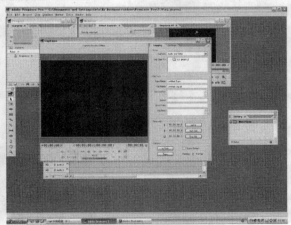
(b) 打开影像采集窗口可以采集录像带上的素材

图2-2

专业指点

计算机通过IEEE1394火线接口连接DV录像机（或摄像机），可以进行无损失DV图像的输入和输出，因为DV磁带上记录的图像信号是数字信号。

主要通过以下两种方式进行素材的采集：

（1）指定时间范围采集素材。

（2）直接采集播放中的素材。

采集进来的素材将存放在指定的项目文件存放目录下（DV编码方式的avi文件），也会作为素材直接出现在Premiere Pro的项目窗口中。

2.3 输入素材

  Premiere Pro除了剪辑采集进来的影像之外，它还能对数字文件进行剪辑。选择File>Import
命令会出现对话窗口，如图2-3所示。

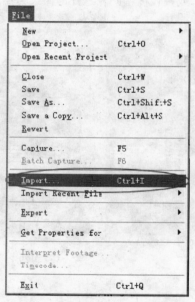

图2-3　输入素材

专业指点

可使用热键Crtl+I来输入素材文件，也可以在窗口中双击鼠标按键来输入文件。

Premiere Pro支持多种文件格式的输入，视频文件如：mov、avi。音频文件如：mp3、wma等。

2.4 确定剪接点

所谓的剪接就是"去伪存精"，将不要的片段剪掉，再将所需要的影像接在一起。操作步骤如下：

1. 双击素材框窗口（Project Window Bin1 ）里的Framestore. cfc_ant. mov和goodgear. mov影像，打开源素材窗口。使用来源素材窗口里的In点与Out点来决定需要的素材范围，如图2-4所示。

图2-4　In点与Out点决定选用的素材范围

2. 将此片段拖拉至时间线窗口（Timeline）的Video 1视轨，如图2-5所示。

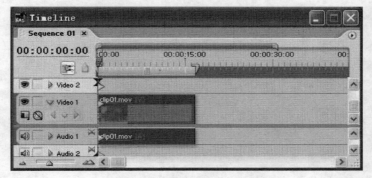

图2-5　将片段拖至时间线窗口中

3. 再到素材窗口Project Bin 1里寻找所需要的影像，重复步骤1至2，将所需的影像连接放在一起，如图2-6所示。

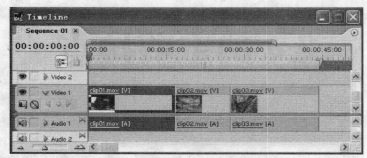

图2-6 将影片剪辑并连接起来

专业指点

放入影像至时间轴线（Timeline）也可用其他的方法：从源窗口拖拉至时间线（Timeline）上；从源窗口单击插入（Insert）或覆盖（Overlay）键；单击键盘的热键，"逗号（,）"是插入（Insert）的热键，"句号（。）"是覆盖（Overlay）的热键。

2.5 添加声音

音乐的节奏很适合作为影像节奏的参考点。

1. 输入音频素材。

2. 拖拉Music01. wma至时间线窗口的Audio 1音轨上。

3. 单击打开Audio 1前面的三角形展开音轨波形，如图2-7所示。

4. 也可以按住鼠标左键用拖拉的形式对其进行放大，来看清楚声波的强度，如图2-8所示。

图2-7 打开Audio 1前面的三角形展开音轨波形

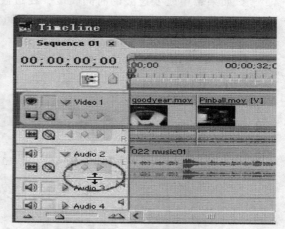

图2-8 放大选项看清声波强度

2.6 加入过渡效果

适当地利用素材之间的视频过渡（Video Transitions），可以让影像转换的视觉效果更顺畅。

1. 如果要在素材之间加上过渡的效果，单击Project> Effects> Video Transtitions，如图2-9所示。

2. 选择想要应用的过渡效果，选择Video Transtitions> Dissolve>Cross Dissolve，如图2-10所示。

3. 如果希望改变过渡的时间长度，在过渡效果处双击，或选择菜单命令Monitor >Effect controls >Duration以改变过渡效果的长度，如图2-11所示。

Premiere Pro中有非常丰富的视频过渡效果，我们会在后面的内容中详细讨论。

图2-9　添加过渡效果

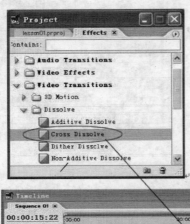

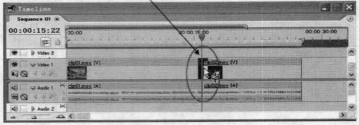

图2-10　选择过渡效果Cross Dissolve,拖放到时间线上素材之间

图2-11　改变过渡效果长度

2.7 加入视频特效

虽然Premiere Pro是一套编辑软件，但是它也可以实现丰富多彩的视觉效果。

2.7.1 变速

1. 利用刀片工具 将影像切断，再改变前段影像的速度。

2. 选取前段影像，单击鼠标右键选择Speed/Duration，在对话窗口的Speed处输入400%的速度，目的是要让前段影像加速产生快动作的效果，如图2-12所示。

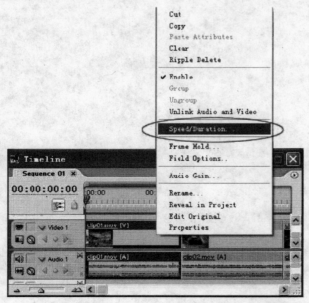

图2-12 输入400%的速度

3. 选取后段影像，将速度改成35%，实现慢动作效果，如图2-13所示。这样就可以制作出很流行的变速效果影像。

2.7.2 虚化

1. 在Project（项目）窗口中，选择Effect（效果）模块Video Effect（视频效果）中的Blur（虚化）效果中的Camera Blur（摄像机虚化），如图2-14所示。

图2-13　将速度改成35%

2. 将这个效果拖到Timeline（时间线）窗口中的素材上，调整虚化参数值Percent Blur为66，看到虚化效果，如图2-15所示。

3. 在Monitor（监视器）窗口中直接播放观看。

图2-14　选择虚化效果

图2-15　添加并调整虚化效果

2.8 添加字幕

Premiere Pro的字幕功能提供打字、滚动字幕与一些简单几何绘图的功能。

1. 如需要再新建一层视轨，在时间线窗口中点击鼠标右键，选择Add Tracks命令，如图2-16所示。

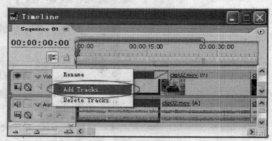

图2-16　新建一层视轨

2. 打开字幕窗口，选择菜单命令File>New>Title，或按F9快捷键，如图2-17所示。

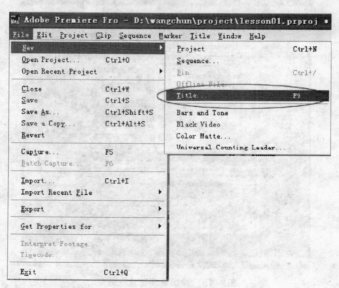

图2-17　打开字幕窗口

3. 输入文字LESSON 01，调整颜色、字体、位置，如图2-18所示。

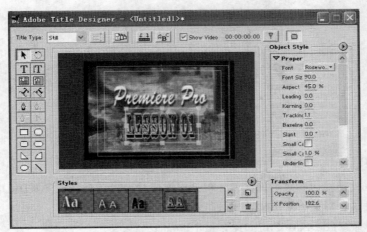

图2-18　输入文字并进行调整

4. 选择菜单命令File>Save As，保存字幕文件，该文件自动出现在项目窗口中。

5. 将字幕文件拖放到Video 2视轨上。

6. 可以调出视频素材的透明度曲线，以实现淡入淡出的效果，如图2-19所示。

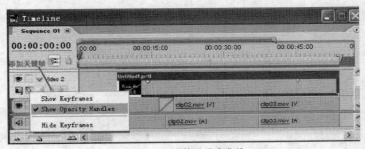

图2-19　调整透明度曲线

专业指点

　　首先选中Show Opacity Handles选项调出素材透明度曲线，在素材曲线上适当位置添加关键帧，再调整曲线形状实现淡入淡出效果。

2.9 渲染输出

Premiere Pro支持输出各式影像文件，包括输出成录像带、视频文件及DVD等，这里我们先输出avi的视频文件，后面将对渲染输出进行详细讨论。

1. 使用菜单命令File>Save Project保存整个Project项目文件。

2. 选择菜单命令File>Export>Movie，输出剪辑结果，如图2-20所示。

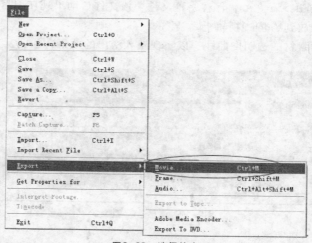

图2-20　选择输出

3. 输出成一段完整影像。这里输出Microsoft avi文件（在输出对话框中单击Settings按钮，在General选项里设置），然后在Video选项里，选择Divx5（MPEG4）的编码方式，如图2-21所示。

图2-21　选择Divx5(MPEG4)的编码方式

专业指点

这种编码方式渲染速度快，得到的avi图像文件很小，图像质量还不错，是做小样的首选。

本章小结

本章通过实例操作快速浏览和学习了Premiere Pro的各个基本模块功能和使用方法，希望大家对软件有一个整体上的认识和掌握，总结体会Premiere Pro的工作思路，为后面各主要功能模块的学习打下坚实的基础。

思考与练习

1. 拍摄DV素材并用Premiere Pro采集到计算机中。
2. 进行简单编辑和效果制做。
3. 渲染输出avi视频文件。

第3章

Premiere Pro 2.0
新功能介绍与解析

本章主要介绍 Premiere Pro 2.0 的新功能，并
对其具体操作方法进行了解析。

Premiere Pro 2.0 新功能

了解 Premiere Pro 2.0 新功能
会处理相应操作问题

3.1 Premiere Pro 2.0 新功能概述

3.1.1 Premiere Pro 2.0 的系统要求

Premiere Pro 2.0 对系统要求比较高，下面是Windows平台下的要求：

① DV 编辑需要 Intel& reg; Pentium& reg; 4 1.4GHz 处理器。

HDV 编辑需要支持超线程技术的 Pentium 4 3GHz 处理器。

HD 编辑需要双 Intel Xeon& #8482; 2.8GHz 处理器。

② Microsoft& reg; Windows& reg; XP（带 Service Pack 2）。

③ DV 编辑需 512MB 内存；HDV 和 HD 编辑需 2GB 内存。

④ 安装需要 800MB 可用硬盘空间。

⑤ 对于内存，需要 6GB 可用硬盘空间。

⑥ DV 和 HDV 编辑需要专用 7200RPM 硬盘驱动器。

HD 编辑需要条带式磁盘阵列存储设备 （RAID 0）。

⑦ Microsoft DirectX 兼容声卡（环绕声支持需要 ASIO 兼容多轨声卡）。

⑧ DVD–ROM 驱动器。

⑨ 1280×1024　32位彩色视频显示适配器。

⑩ DV 和 HDV 编辑需要 OHCI 兼容 IEEE 1394 视频接口。

HD 编辑需要 AJA Xena HS。

⑪ 需要 Internet 或电话连接以进行产品激活。

3.1.2 Premiere Pro 2.0 新版新功能

1. 多视频轨道编辑 (Multicam editing)

Premiere Pro 2.0 提供了多摄像机摄像编辑功能，可以从一个多摄像窗口中查看多个视频轨道，并实时在轨道之间通过转换进行编辑。基于源素材时间码轻松同步剪辑，如图3-1所示。

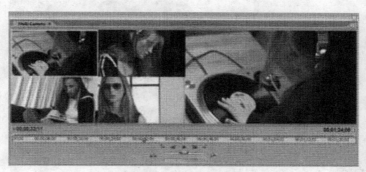

图3-1　多视频轨道编辑

2.加速客户评论和核准

Premiere Pro 2. 0 提供了Adobe Clip Notes（Adobe剪辑注释），可以加速评论。将视频嵌入到PDF文件，通过E-mail发送有特定时间码注释的文件给客户评论，然后查看映射到时间轴的注释。如图3-2所示。

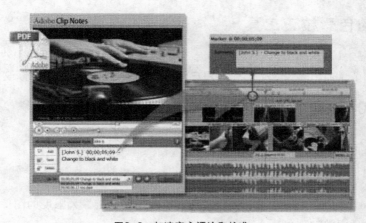

图3-2　加速客户评论和核准

3.从时间轴进行DVD创作

从 Premiere Pro 2. 0时间轴直接创建高质量、可驱动菜单的DVD。为数字样片（digital dailies）、测试碟（test discs）和最终产品（final delivery）制作全分辨率、交互式的DVD。如图3-3所示。

图3-3 从时间轴进行DVD创作

4. HDV编辑

Premiere Pro 2.0可以在没有转换或质量损失的原始格式中捕获和编辑HDV内容。Adobe Premiere Pro 2.0用流行的Sony和JVC公司HDV格式摄像机和磁带录像机进行工作。

5. SD和HD支持

Premiere Pro 2.0使用AJA Video的Xena HS实时编码卡捕获、编辑以及发布全分辨率的SD或HD。

6. 增强的色彩校正工具

Premiere Pro 2.0利用新的色彩校正工具，为特定的任务分别进行优化。快速色彩校正允许用户快速简易调节，而色彩校正工作允许用户为专业作品做更多的选择性修改。

7. 支持10-bit和16-bit色彩解析度

Premiere Pro 2.0支持10-bit视频和16-bit PSD文件，维持源素材完整性。

8. 32-bit内部色彩处理

Premiere Pro 2.0以对色彩、对比度和曝光的不同变化维持最大限度的图像质量，没有了条纹和低bit深度处理引致的现象。

9. 加速的GPU渲染

Premiere Pro 2.0会自动调整，充分利用用户的显卡，加速动画、不透明度、色彩和图像畸变效果的预览和渲染。

10. Adobe Bridge

Premiere Pro 2.0可从Adobe Bridge中浏览、组织以及预览文件，然后拖放用户所需要的内容。可以搜索或编辑诸如关键字、语言和格式这样的XMP元数据。如图3-4所示。

图3-4　Adobe Bridge

　　Premiere Pro 2.0 还有许多其他新功能，例如Flash视频输出，最大支持4096像素×4096像素序列帧输出，高级的子剪辑创作与编辑等。

3.2 Premiere Pro 2.0 新功能解析

3.2.1启动画面

Premiere Pro 2.0的发布，用户首先注意到的是一直伴随着Premiere中的那只马已经不在了。事实上，Premiere Pro 2.0现在使用的已经是一个看起来像玻璃一样的，明显是从胶片盘演变而来的图标。如图3-5、图3-6所示。

图3-5 老版本启动时的画面

图3-6 Premiere Pro 2.0启动时的新画面

打开一个新的Premiere Pro 2.0项目或已经存在的Preimiere项目，你也会看到一个彻底修整过的泊靠面板界面（见图3-7）。除了新样式，Premiere Pro 2.0还具有可调整大小的面板。当一

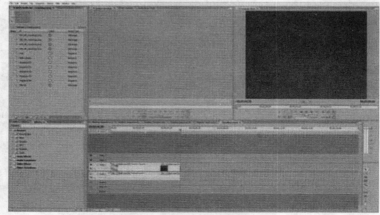

图3-7 Premiere Pro 2.0新界面

个面板大小发生变化时，周围其他面板会自动调整大小。说到外观，大量的新功能将会让新老用户们都感到高兴。

让我们来看看隐藏在Premiere Pro 2.0新外观下的一些不同的特征。

3.2.2 多摄像机编辑模式（Multi-camera）

Premiere Pro 2.0最大的新特性就是无须第三方插件支持，即可从四个不同的视频源编辑多摄像机影像。Premiere Pro新的Multi-camera特性让用户使用快捷键0、1、2、3和4快速进行编辑或剪切，0代表录制，数字1~4代表不同的摄像机角度。在多数情况下，当使用Multi-camera工作时，剪辑师更乐意只使用一个音轨，而默认情况下Premiere Pro使用一个角度摄像机的音频轨道。该设置可以修改，这样音频和视频轨道可以同时进行剪切。

Premiere的Multi-camera功能另一个重要的特性就是它使用嵌套序列创建不同的剪切，这意味着不用进入不同模式进行剪辑。还有，因为使用了嵌套序列，你可以像常规的剪辑一样无拘无束地编辑这些剪切。

调整Multi-camera剪辑的过程也是非常的简单。所要做的就是右击时间轴和不同摄像机角度的选区。如图3-8、图3-9所示。

图3-8　多摄像机模式Multi-camera

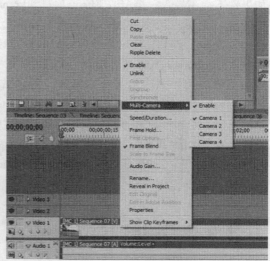

图3-9　多摄像机模式Multi-camera

3.2.3 剪辑注释（Clip notes）

剪辑注释是什么？剪辑注释实质上是包含已渲染视频的PDF文件。这些剪辑注释可以发送给客户或其他用户，然后他们在PDF文件中输入评论。这样，附加注释到当前时间码上，当这

些剪辑注释被重新导回到Premiere Pro时，这些标签即在特定的时间码上变成了标记 (marker)。

对大小不同的项目使用剪辑注释的好处是非常大的。以前为了不断地预览不得不发送磁带或DVD光盘给客户，然后等待评论返回来，再发送另一份拷贝，因为你无法确定客户想改变什么地方。现在好了，使用剪辑注释消除了整个的过程。剪辑注释可以被任何拥有免费Adobe Acrobat Reader的人打开，并且评论可以精确地附加到时间码上。如图3-10所示。

图3-10　剪辑注释(Clip notes)

3.2.4 产品整合

新版的 Adobe Production Bundle 版确实增强了Premiere Pro与其他绑定产品的整合。其中一项增强的功能即是能在Adobe Production Studio中找到的Adobe Dynamic Link（Adobe动态链接）。Dynamic Link意味着如果你不得不导入一个After Effects项目到Premiere Pro中的话，它可以无须在After Effects中渲染合成项目（Composition）即能完成这个任务。After Effects项目一旦导入到Premiere Pro中即可作为一个剪辑片段来修整、剪切或者应用特效。但是，如果你不得不改变After Effects合成项目中的一小部分呢？对After Effects合成项目的任何改变都将即时的显示在Premiere Pro中。这个

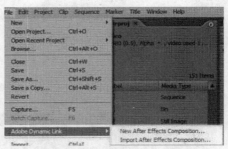

图3-11　动态链接 Dynamic Link

特性节省了大量的时间，尤其是当After Effects项目有复杂的动画效果时。如图3-11所示。

Premiere Pro 2.0也能够打开Premiere Elements项目，这一定会让Premiere Elements的用户感到满意。

3.2.5 导出到DVD

尽管Premiere Pro以前的版本具备导出时间轴内容到DVD的能力，但是Premiere Pro 2.0更进一步，允许剪辑师创建菜单和子菜单。这个Premiere Pro 2.0的新功能还是完全可以定制的，因为它向用户提供了制作动态背景的选项，具有背景音频轨道的能力和几个其他的选项。它还可以通过使用新增的DVD Marker按钮，更轻易地直接从时间轴上生成DVD markers。

要使用这个新特性，剪辑师需要选择菜单Windows > DVD Layout（窗口 > DVD布局），而不是File>Export>Export to DVD（文件>导出>导出到DVD），因为后面的选项创建的是没有菜单的DVD。如图3-12、图3-13所示。

图3-12　DVD布局

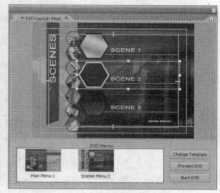

图3-13　DVD 菜单制作

3.2.6 特效

如果Premiere Pro 1.5和Affter Effects 6.5都已安装在同一台机器上，用户可以利用某些After Effects滤镜到Premiere Pro中。然而，这些特效滤镜现在已经整合到了Premiere Pro 2.0自身的安装中。其他的此类增强功能包括期待已久的"时间码"效果，新的GPU转换，还有一整套的色彩校正特效。新增的色彩校正滤镜包括Fast Color Corrector（快速色彩校正器）和 Three Way Color Corrector（三法色彩校正器），它是特效中非常优秀的新增功能。使用Fast Color Corrector（快速色彩校正器）的好处是它在有支持的显卡的情况下允许实时回放，Three Way Color Corrector（三法色彩校正器）只要花一点点时间渲染，即可得到更好的校正效果。如图3-14所示。

另一个用户感兴趣的特效是来自Photoshop的新增光效（Lighting Effect）。该特效能够用于生成spotlights（点光）、omnilights（全光源）或 directional lights（平行光），对改变整张图像气氛很有帮助。如图3-15所示。

图3-14　色彩校正工具

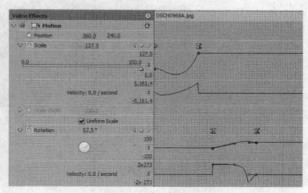

图3-15　效果控制窗口

Premiere Pro 2.0现在还支持某些特效GPU加速回放，例如动画、不透明度、交叉溶解、快速色彩校正器和一些其他特效。

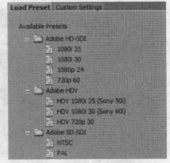

3.2.7 HDV功能

Premiere Pro 2.0现在本身即已支持HDV内容，无须使用其他的滤镜，例如Cineform的AspectHD滤镜，因此编辑工作在Premiere Pro 2.0本身中即可完成。需要不断反复压缩影片的历史一去不复返，这不仅节约了时间也尽可能地保持了作品的质量。

图3-16　HDV功能

由于它本身支持HDV内容，使用早期版本捕获的影片会自动转换到Adobe HDV格式。如图3-16所示。

3.2.8 字幕

现在，在Premiere Pro 2.0中字幕生成已经内嵌项目之中。但是，如果想在另一个项目中使用相同的字幕怎么办呢？Premiere Pro 2.0还具备导出这些字幕为PRTL文件的能力，这些文件可以被导入到其他的Premiere Pro 2.0项目中。如图3-17所示。

图3-17　字幕设计界面

3.2.9 透明视频

这是Premiere Pro 2.0版中另一个新增的功能，并且确实也是一个优秀的功能。在Premiere Pro 2.0中，你可以创建一个透明的视频层，它能够被用于应用特效到一系列的影片剪辑中而无须重复地复制和粘贴属性。只要应用一个特效到透明视频轨道上，特效结果将自动的出现在下面的所有视频轨道中。如图3-18所示。

图3-18　透明视频轨道

3.2.10 移除未使用的素材(Remove unused)

在项目中有太多直至项目结束时都没用上的素材，新引入的移除未使用素材功能是你的好朋友，它帮助你除去未使用的媒体剪辑或其他的元素。如图3-19所示。

3.2.11 Adobe媒体编码器（Adobe Media Encoder）

图3-19　移除未使用的素材

Premiere Pro 2.0的Adobe媒体编码器拥有一个全新的界面并具有输出Flash视频（FLV）的能力。同类中其他的增强功能还包括预览源视频和输出视频的能力，以及在媒体编码器中裁剪视频的能力。如图3-20所示。

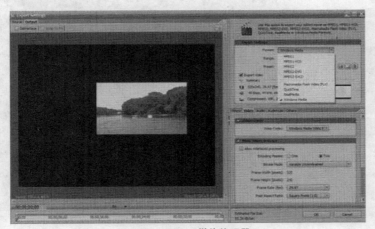

图3-20　Adobe媒体编码器

3.2.12 支持更多的bits

现在Premiere Pro 2.0使用Adobe HD-SDI预设支持10-bit视频剪辑片段，因为10-bit影片占用了大量处理能力。Premiere Pro 2.0在默认设置下以8-bit播放文件，该设置可以在以后更改。Premiere Pro 2.0还增加处理16-bit Photoshop文件的能力。如图3-21所示。

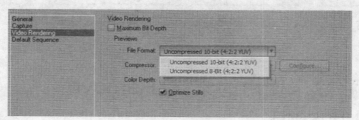

图3-21　支持10-bits视频剪辑

3.2.13 Adobe Bridge

如果你有任意一款最新版创意套件（CS）应用程序，你或许已经注意到了Adobe Bridge。Adobe Bridge实质上是一个媒体管理应用程序，它能够被用于Adobe Production Bundle中所有的产品。然而，装载于Adobe Production Studio中的Bridge升级版本允许你预览视频文件还有After Effects动画预设。如图3-22所示。

图3-22

更改磁带的名称：在Premiere Pro 2.0中无论何时插入新磁带进行素材捕获，它都将提示你输入新的磁带名称。

重新排列序列：Premiere Pro 2.0允许通过简单的拖放序列到新位置中重新排列它们。如图3-23所示。

图3-23　重新排列序列

本章小结

Premiere Pro 2.0确实给我们带来了大量的新特性，某些可能改变编辑方式的特性被应用。由于具有剪辑注释新增功能以及与其他Adobe应用程序无缝交互作用，它是视频编辑应用程序的一个极好选择。

思考与练习

1. 熟悉掌握Premiere Pro 2.0新的工作界面。
2. 分析Premiere Pro 2.0的新功能并加以运用。

第4章

Premiere Pro 2. 0 窗口的使用

本章主要介绍 Premiere Pro 2.0 工作区内的 Project（项目）窗口、Timeline（时间线）窗口、Monitor（监视器）窗口。

Premiere Pro 2.0 工作区内三个主要窗口的使用

掌握 Premiere Pro 2.0 窗口的使用方法

4.1 Project（项目）窗口

Project窗口通常分为上部的Preview（预览区）、左下方的Bin（剪辑箱）以及底部的工具栏三部分，其中预览区用于在剪辑箱中被选中剪辑的快速浏览；剪辑箱用来管理所使用的各种剪辑；工具栏中给出与项目窗口管理和外观相关的实用工具。如图4-1所示。

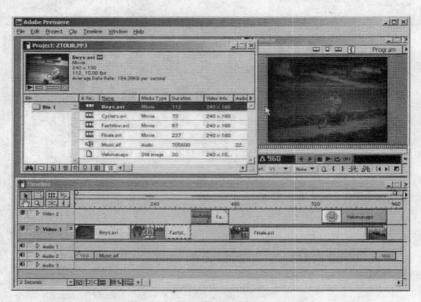

图4-1　Project窗口

4.1.1 查看剪辑信息

在剪辑箱中选中相应的剪辑，预览区中将出现该剪辑的预览窗口及简单的参数说明，可单击预览区底部的播放按钮或进度条来播放剪辑。

单击项目窗口或右侧的弹出按钮，将弹出如图4-2所示的菜单，可以对项目窗口的外观进行设置，还能对剪辑箱中的剪辑进行管理和查询。

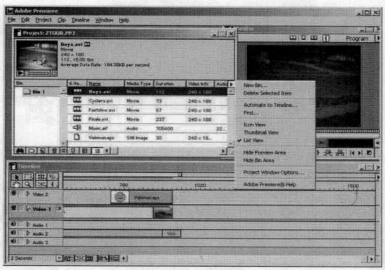

图4-2 打开项目窗口

4.1.2 剪辑的三种显示方式

1. Icon View（图标显示）；

2. Thumbnail View（缩略图显示）；

3. List View（列表显示）。

可以通过图4-2所示的设置菜单选择所需的显示方式，也可以通过Project窗口工具栏中相应的按钮快速地切换显示方式。如图4-3所示。

图4-3 切换显示方式

47

4.1.3 剪辑查找

当编辑一个影片有很多剪辑时，可以通过"剪辑查找"快速找到某个剪辑，单击工具栏中的第一个按钮，弹出如图4-4所示的对话框，在其中输入查找条件，就可以很快地查到所需的剪辑。

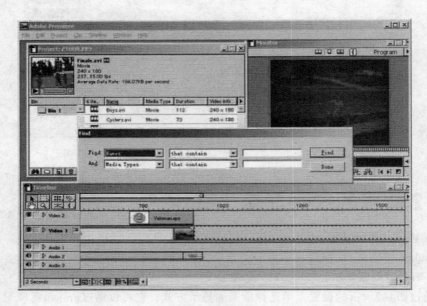

图4-4　剪辑查找

4.2 时间轴（Timeline）窗口

4.2.1 基本操作

时间轴（Timeline）窗口是Premiere的核心，我们可以用它把视频片段、静止图像、声音等组合起来。在Premiere Pro 2.0众多的窗口中，居核心地位的是时间轴（Timeline）窗口。在时间轴窗口中，我们可以创作各种特技效果。如图4-5所示。

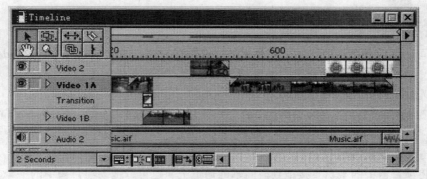

图4-5　在时间轴窗口中组织素材

Timeline窗口的左上角是工具板，这里集成了常用的编辑工具，带有弹出按钮的表示一个工具类。左边工具板下面的一些图标是Timeline窗口的轨道状态区，里面显示轨道的名称和状态控制符号等，Premiere Pro 2.0默认有两条视频轨道和三条音频轨道。右边是轨道的编辑操作区，可以排列和放置剪辑素材。

单击窗口右上角的三角形按钮，弹出如图4-6所示的菜单，这些选项用来改变Timeline窗口的设置参数。

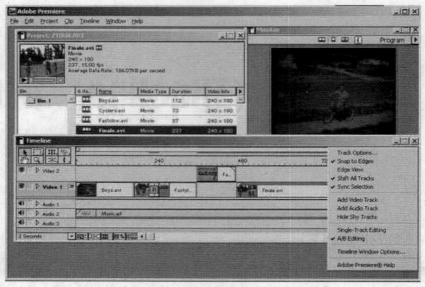

图4-6 设置参数

专业指点

运用时间轴（Timeline）窗口技巧

1. 时间轴包括多个通道，用来组合视频（或图像）和声音，视频通道包括Video 1和Video 2。Audio1、Audio2等是音频通道。如需增加通道数，可在通道的空白处点右键，从出现的下拉菜单中选Add Video/Audio Track。

2. 在时间轴右上角点 ▶ ，从出现的下拉菜单中选A/B Editing，可将Video 1切换成包含Video 1A，Video 1B和用于产生过渡效果的Transition，然后选菜单中的Single-Track Editing，则三条子通道又恢复成Video 1。

3. 可将项目窗中的素材直接拖到时间轴的通道上，也可以拖动项目窗中的一个文件夹到时间轴上。这时，系统会自动根据拖入文件的类型把文件装配到相应的视频或音频通道上，其顺序为素材在项目窗中的排列顺序。

4. 要改变素材在时间轴上的位置，只要沿通道拖动就行，还可以在时间轴的不同通道之间转移素材。但需要注意的是：出现在上层的视频或图像可能遮盖下层的视频或图像。

5. 将两段素材首尾相连，就能实现画面的无缝拼接；若两段素材之间有空隙，则空隙会显示为黑屏。

6. 如需删除时间轴上的某段素材，可单击该素材，出现虚线框后按Delete键。

7. 在时间轴中可剪断一段素材，方法是在工具栏中选取刀片形按钮 ▨ ，然后在素材需剪断位置单击，则素材被切为两段。被分开的两段素材彼此不再相关，可以对它们分别进行删除、位移、特技处理等操作。时间轴的素材剪断后，不会影响到项目窗中原有的素材文件。

8. 在时间轴标尺上还有一个可以移动的播放头 ▓，播放头下方一条竖线直贯整个时间轴。播放头位置上的素材会在监示窗中显示。可以通过拖移播放头来查找及预览素材。

9. 时间轴标尺的上方有一栏黄色的滑动条，这是电影工作区（WorkArea），可以拖动两端的滑块来改变它的长度和位置，当对电影进行合成的时候，只有工作区内的素材会被合成。

4.2.2 Timeline 窗口上的按钮工具介绍

1.常见Timeline 窗口界面功能

（1）Work Area Marker（工作区标识），提示工作区的位置。

（2）Preview Indicator Area（预览指示器范围），查看预览区域的大小。

（3）Work Area Bar（工作区条），规定工作区域的范围。

（4）Edit Line Marker（编辑线标识），通过编辑线的位置可以知道当前编辑的位置。

（5）Work Area Band（工作区域区段），显示整个工作区域所处的位置。

（6）Timeline Window Menu（时间线窗口菜单），显示出Timeline窗口的各个命令菜单。

（7）Selection Tool（选择工具），选择并移动轨道上的片段，一次只能选择一个片段。

（8）Superimpose Track（添加轨道），在需要添加轨道的时候使用。

（9）Toggle Track Output Icon（切换轨道输出图标），当图标消失的时候，该轨道上的素材的内容就不能进行预览。

（10）Video 1 Track（视频1轨道），又分为Video 1A和Video 1B两条轨道，两条轨道之间还有一个Transition过渡轨道。

（11）Audio Track（音频轨道），在音频轨道上放置音频素材。

（12）Track Header Buttons（轨道标题按钮），当图标消失的时候，该轨道上的素材的内容就不能进行预览。

（13）Lock Icon（锁定图标），使轨道上的素材不能进行编辑。

（14）Time Zoom Level Popup（时间缩放水平退栈），根据Timeline时间线上的素材片段的长度大小来确定合适的时间比例。

（15）Track Options Dialog Button（轨道选项会话按钮），显示出当前各个轨道上的信息。

（16）Toggle Snap to Edges Button（切换咬合边缘按钮），使两个相邻的素材片段咬合边缘。

（17）Toggle Edge Viewing Button（切换边缘查看按钮），在两个片段之间相互切换。

（18）Toggle Shift Tracks Options Button（切换移动轨道选项按钮），切换两个移动的轨道。

（19）Toggle Sync Mode Button（切换Sync方式按钮），锁定或者解开两个判断的连接关系。

2.相关隐藏按钮的名称及功能

（1）选择工具。用鼠标点击该工具按钮，里面包括4个工具：框选工具，拖出一个方框选择多个片断；虚拟片段工具，将所选中的轨道上的等长素材片段制作成一个虚拟片段；轨道选

择工具，可以选择一个轨道上的所有片段；多轨道选择工具，选择点下位置右端多个轨道上的所有素材片段。

（2）编辑工具。用鼠标点击该工具按钮，里面又包括5个工具：滚动编辑工具，用来增加片段的帧数，但节目总持续时间不变；波浪编辑工具，用来拖动片段出点，改变片段长度，相邻片段长度不变，总的持续时间长度改变；速率拉伸工具，用来改变片段的时间长度，调整片段的速率，以适应新的时间长度；滑动编辑工具，用来改变前后片段的入、出点，剪辑片段时间和总持续时间不变；传递编辑工具，用来改变一个片段的开始和结束帧，不影响其他的片段。

（3）剪切工具。用鼠标左击该工具按钮，里面包括三个工具：剃刀工具，用来将一个片段分割成两个或者两个以上的片段；多重剃刀工具，用来分割多个片段；剪刀工具，用来把一个片段剪切成多个片段。

（4）移动工具。用来移动窗口中的片段，让节目在不同位置中显示。

（5）缩放工具。用来放大或者缩小窗口的时间单位，改变轨道上的显示状态，选中该工具后在轨道上的片段点击则可放大该片段，假如点击的同时按下Alt键，则是缩小该片段的显示状态。

（6）淡化工具。用鼠标点击该工具按钮，里面包括三个工具：交叉淡化工具，用来在两个声音片段的重叠区自动建立一个交叉的区域；淡化调节工具，用来均匀地调节声音或者片段的重叠部分；软连接工具，用来在视频和音频片段之间建立一个软连接。

（7）入、出点设置工具。用鼠标点击该工具按钮，里面包括两个工具：入点设置工具，用来设置片段入点的位置；出点设置工具，用来设置片断出点的位置。

4.3 Monitor监示窗口

4.3.1 基本操作

在Premiere中如果我们希望预览或精确地剪切素材，就要用到监视窗。方法是将视频素材拖入监示窗口的源素材（Source）预演区，在Premiere中我们可以把项目窗口中的某一段视频素材直接拖动到时间轴上。另外，在项目窗口双击视频或音频素材，也能获得同样的效果，如图4-7所示。

图4-7　将素材拖入Source监视窗

1. 单击 "Window" 菜单，然后单击其下拉菜单中的 "Monitor" 选项打开Monitor窗口，如图4-8所示，在外观上看和传统电视编辑中常用的编辑器很相似。

2. Monitor窗口的左窗口称为Source（源）窗口，可以播放、剪辑项目、剪辑库和Timeline中的单个剪辑。Monitor窗口的右窗口是Program（节目）窗口，主要用来播放和编辑Timeline窗口中的视频节目和预览节目等。Monitor窗口的底部是控制器，用来播放和编辑文件。

图4-8

3. 单击Monitor窗口右上角的三角形按钮，会弹出如图4-9所示的弹出菜单，其中的命令用来改变Monitor窗口的设置。

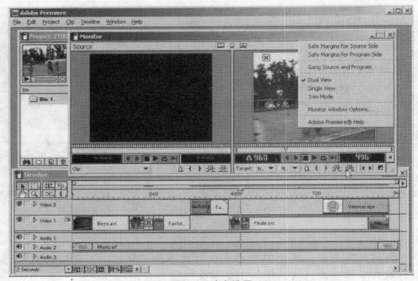

图4-9 改变设置

4. 用户可以根据工作需要，选择双窗口或单窗口显示方式。单击Monitor窗口上方中间的图标或在前面的弹出菜单里选择"Single View"命令，将Monitor窗口切换为单窗口模式，如图4-10所示。

图4-10　单窗口模式

5. 单击Monitor窗口上方右边的图标或在前面的弹出菜单里选择 "Time Mode" 命令，将Monitor窗口切换为修剪窗口模式，如图4-11所示。

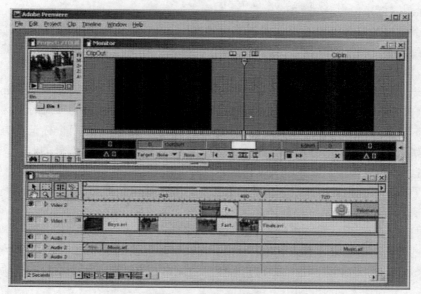

图4-11　修剪窗口模式

6. 单击Monitor窗口上方左边的图标或在前面的弹出菜单里选择 "Dual View" 命令，将Monitor窗口切换为双窗口模式。如图4-12所示。

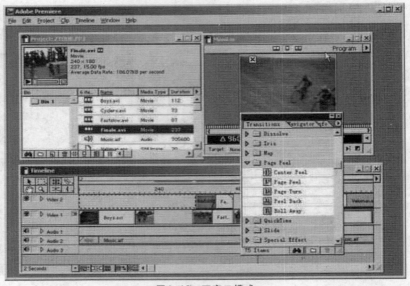

图4-12 双窗口模式

专业指点

运用Monitor监示窗口技巧

1. 每个独立的视频素材及声音素材都可放在Source监视窗中进行播放，通过播放控制按钮 ◄ ◄ ■ ► ↺ ►◄ ，可以随意倒带、前进、停止、播放、循环或播放选定区域，就像使用VCD的遥控器一样。

2. 被装入Source监视窗的素材文件名都会被系统记录下来，在放映区下方Clip栏显示当前素材，点倒置的小三角按钮就出现下拉列表，可以根据需要随时调取要预演的素材文件。

3. 在下拉菜单的右方有一个胶片标记 ▥ 或声音标记 ▤ ，有时两个标记都有。它们用于表示该素材是否包括视频部分和音频部分。当用户不需要素材中某一部分的时候，可在相应的标记上单击，标记就会显示红斜线表示禁用。

4. 为了在后面的编辑中便于控制素材，可对一些关键帧做标志，方法是点 ▥ ，从下拉菜单中选Mark，再从下一级菜单选择一个标志，以后当需要定位到某个标志时，只要点 ▥ ，从下拉菜单中选Go To，再选择这个标志，就能准确定位。

5. 通过播放控制按钮可看清每帧的画面，当找到起点按下 ▌ 标志，终点按下 ▐ 标志，选定了标志区后按 ▥ ，就将所选部分加到时间轴。用这种方法可在一个素材中精确截取一个或多个片段，并分别加入到时间轴中。

6. 监视窗右半部分的Program主要用于预演时间轴中的素材，并可通过按钮删除时间轴中的选定素材。

7. 对于已经进入时间轴中的素材，可以直接在时间轴中双击素材画面，该素材就会在监视窗中被打开。

8．可以通过单击监视窗顶部的 ▭▯▯ ▭ 按钮可切换监视窗的显示方式。点 ▭ 可以让显示窗变为修剪模式，按 ▯ 则只显示一个播放区。

4.3.2 Monitor窗口上的按钮工具介绍

1．显示当前Source列表框的素材内容。

2．反向播放按钮，将节目或者预演原始素材反向播放，点击一次跳一帧。

3．正向播放按钮，将节目或者预演原始素材正向播放，点击一次跳一帧。

4．停止播放按钮，将正在播放的节目或者预演素材片段停止播放。

5．播放按钮，开始播放节目或者预演素材片段。

6．循环播放按钮，将节目或者预演素材片段循环播放。

7．从头播放按钮，点击该按钮前无论播放位置在什么地方都要回到开始的地方重新播放。

8．入点设置按钮，用来设置入点的位置，设置当前位置为入点位置，按下Alt键同时单击，设置被取消。

9．出点设置按钮，用来设置出点的位置，设置当前位置为出点位置，按下Alt键同时单击，设置被取消。

10．片段插入按钮1，将当前片段放到编辑线位置，重叠的片段往后移动。

11．片段插入按钮2，将当前片段放到编辑线位置，重叠的片段被覆盖。

12．视频轨道选择按钮，激活所在的视频轨道，进入编辑状态。

13．音频轨道选择按钮，激活所在的音视频轨道，进入编辑状态。

14．工作区条，显示当前工作区域的状态。

15．定位按钮1，把编辑线定位于时间标尺上前一个片段的开始位置。

16．定位按钮2，把编辑线定位于时间标尺上后一个片段的开始位置。

17．添加过渡效果按钮，在过渡轨道的编辑线位置上加入默认的过渡效果。

18．Dual View（双视窗）按钮，单击时，Monitor窗口出现双视窗，左边的视窗是原视窗，右边的视窗是预览视窗。

19．Singer View（单视窗）按钮，源视窗和预览视窗合二为一。

20．Trim Mode（修整模式）按钮，将视窗和工具栏分开，是双视窗模式。

21．预览视窗，用来播放节目或者播放原始素材片段。

22．Monitor窗口管理按钮，可将监视窗口的显示状态切换到帧整模式或单一视图模式。还有关于Monitor窗口的其他选项的参数设置。

4.4 辅助窗口

上面介绍的Project（项目）窗口、Timeline（时间线）窗口、Monitor（监视器）窗口是Premiere Pro 2.0中最为重要的三个窗口，除此之外，Premiere Pro 2.0中还包含了一些辅助窗口，主要是给用户的编辑工作带来一些方便。这些窗口包括Transition（过渡）、Effect（效果）、Navigator（导航）、Infor（信息）、Commands（命令）、History（历史）等面板，我们将在第5章中进行介绍。

本章小结

本章对Premiere Pro 2.0中的主要三个窗口进行了详细的介绍，通过对本章的学习应该掌握Project（项目）窗口、Timeline（时间线）窗口、Monitor（监视器）窗口这三个基本窗口，以便能更好地运用Premiere Pro 2.0软件来完成绚丽的影片剪辑作品。

思考与练习

1. Timeline（时间线）窗口的运用技巧？
2. 辅助窗口中都有那些面板？

第5章

Premiere Pro 2.0 基本面板的使用

Premiere Pro 2.0 中还包含了一些辅助窗口面板，这些面板主要是给用户的编辑工作带来一些方便。本章主要对这些辅助面板进行介绍。

Premiere Pro 2.0 工作区中各个面板的应用
改变控制面板的显示方式

了解 Premiere Pro 2.0 基本面板的使用

5.1 Transitions （过渡）面板

一段视频结束，另一端视频紧接着开始，这就是所谓电影的镜头切换，为了使切换衔接自然或更加有趣，可以使用各种过渡效果。

要运用过渡效果，可选择Window>Show Transitions，则出现过渡面板，如图5-1所示。Premiere Pro 2.0为视频编辑提供了75种过渡效果，放在11个文件夹下，并用图标的形式给出了过渡示意图。

在过渡窗口中，可看到详细分类的文件夹，点击任意一个扩展标志 ▷，则会显示一组过渡效果。

在时间轴，先把两段视频素材分别置于Video 1的A通道和B通道中，然后在过渡面板将 Band Slide拖到时间轴Transitions通道的两视频重叠处，Premiere会自动确定过渡长度以匹配过渡部分。如图5-2所示。

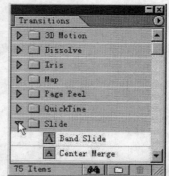

图5-1　过渡面板

在时间轴双击Transitions通道的过渡显示区，会出现过渡属性设置对话框，如图5-3所示。

图5-2　加入过渡效果

运用 Transition（过渡）面板技巧。

1. 选中Show Actual Sources选项观察画面过渡的效果。

2. 分别拖动Start显示区和End显示区下方的滑块，调节过渡的开始状态与结束状态。

3. 在Border栏，可拖动三角形滑块来改变条边框的厚度，通过单击颜色（Color）框来选定条边框的颜色。

4. Band Slide默认的效果是将画面切割为7条带状，可单击左下角的Custom按钮，在出现的对话框中改变默认的带状数。

5. 通过对话框右下角的蓝色区域，可以指定过渡的顺序（蓝色箭头）、走向（红色箭头），以及过渡的方向（F-R按钮）。

完成设置后，按Enter键将会生成预览电影。如果希望快速显示效果，可按下Alt键后拖动播放头，这时Program区监示窗口将出现包含过渡效果的画面。如图5-4所示。

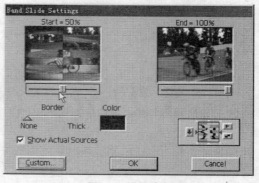

图5-3　设置过渡

图5-4　通过拖放播放头快速预览电影

专业指点

在时间轴中最多可以加入99条视频通道，有Transitions通道的只有Video 1这一条通道，那么，其他那些通道是否就不能运用过渡效果了？当然不是，单击Video 1以外的其他通道名之前的白色小箭头，可发现被展开的通道中多出了一条附加通道。包含两个按钮，点其中的红色按钮，素材下方就会有一条醒目的红线，可以通过改变这条红线的折曲状况来设定视频画面的淡入淡出。如图5-5所示。

图5-5　产生淡入淡出效果

5.2 Info（信息）面板

Info控制面板显示了所选剪辑或过渡的一些信息。如果要将剪辑拖到Timeline窗口，能在Info控制面板中观察开始和结束时间的改变。该控制面板中显示的信息随诸如媒体类型和当前活动窗口等因素而不断变化。例如，当选择Timeline窗口中的一段空白，Title窗口中的一个矩形或者Project窗口中的一个剪辑时，该控制面板中将显示完全不同的信息。

单击菜单"Window>Show Info"命令，开启Info（信息）面板，如图5-6所示，显示选中部分的信息。

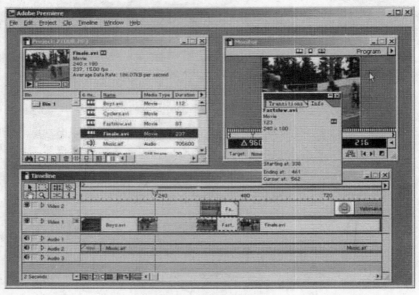

图5-6　打开信息面板

5.3 Video（视频）面板

单击菜单 "Window>Show Video Effect" 命令，开启Video（视频）面板，如图5-7所示，提供了74种视频效果。

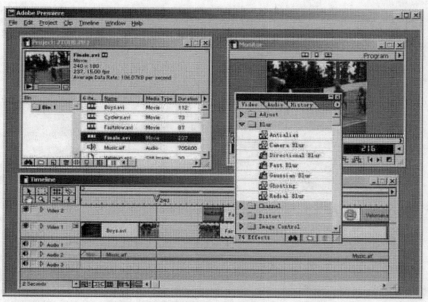

图5-7　开启视频面板

5.4 Audio（音频）面板

　　单击菜单"Window>Show Audio Effect"命令，开启Audio（音频）面板，如图5-8所示，提供了21种音频效果。

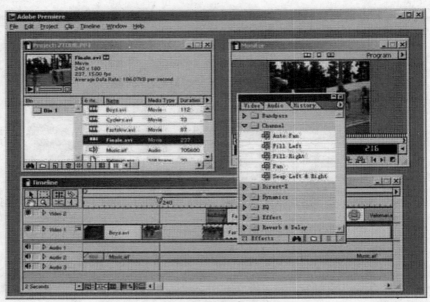

图5-8　开启音频面板

5.5 Effect Controls
（效果控制）面板

单击菜单"Window>Show Effect Controls"命令，开启Effect Controls（效果控制）面板，如图5-9所示。将Video或Audio面板中的效果应用到Timeline窗口中，视频和音频剪辑上后可以在Effect Controls面板中对其进行定制。

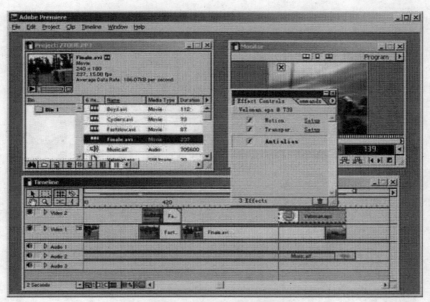

图5-9 开启效果控制面板

65

5.6 Navigator（导航）面板

单击菜单 "Window>Show Navigator" 命令，开启 Navigator（导航）面板，如图5-10所示。显示的是Timeline窗口剪辑编排的略图，不同的颜色分别表示不同的剪辑和过渡，利于用户掌握整个节目编排的全貌，并且实现素材的快速定位。其中绿色的方框代表当前Timeline窗口中所显示范围，红色的垂直线标识了当前时间线的位置，并且和面板下方的文本框中显示的帧数保持一致。

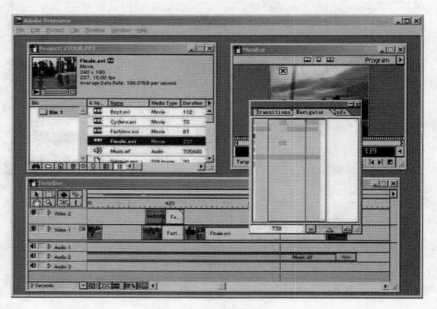

图5-10　开启导航面板

使用Navigator控制面板能快速地改变Timeline窗口中的视区，只需要简单地拖动Navigator控制面板中代表Timeline窗口的缩图，也能改变Timeline窗口中显示内容的详细程度。

1. 时间编码　　　　　　2. Zoom Out（缩小）按钮　　3. Zoom Slider（缩放滑块）

4. Zoom In（放大）按钮　5. 当前视区框　　　　　　　6. 当前工作区　　　7. 编辑线

假如要使用Navigator控制面板改变当前时间的显示时，具体操作如下：

（1）双击控制面板上的时间编码框，输入一个新的时间，然后按Enter键。编辑线将移动到代表此新时间的位置。

（2）单击Zoom Out按钮可以立刻缩小Timeline窗口中显示的内容，因而可以看到更长的节目。

（3）向左拖动缩放滑块可缩小Timeline窗口中显示的内容，而向右则可以放大。

（4）单击Zoom In按钮可以放大Timeline中编辑线处的节目。

（5）拖动当前视区框可滚动Timeline窗口中显示的节目内容。

（6）按住Shift键，然后在Navigator控制面板中拖动编辑线，可移动Timeline窗口中的编辑线。

5.7 History（历史）面板

单击菜单"Window>Show History"命令，开启 History（历史）面板，如图5-11所示。其中记录并显示了该项目最近的一些操作，用户可以通过选择列表中的某一操作，恢复到原来的操作。

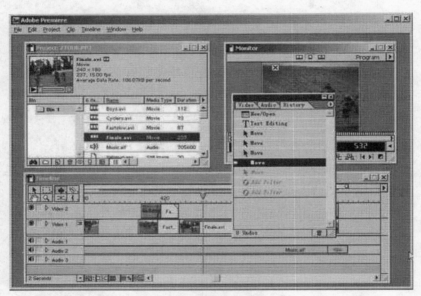

图5-11　开启历史面板

History面板是一个新增的面板，它提供了99步的Undo功能，可以尽情地发挥自己的创作能力和艺术能力，强大的Undo功能可以返回到前面任意一处，然后重新进行创作。如果你返回到前面的某一点，则位于该点下面的操作将变暗，如果重新进行编辑，则变暗的操作步骤将被系统自动删除。当然，也可以使用面板右下角的垃圾桶工具，或者选择History面板菜单中的Delete命令删除操作步骤。每次改变项目的某部分时，项目的当前状态都将加入到该控制面板中。

例如，当将一个剪辑加入到Timeline窗口，将一种效果应用于它、拷贝、粘贴到另一条轨道时，这些状态都分别列在控制面板中。如果选择这些状态中的任意一种，项目都将回退到该改变应用时的面貌。然后又可以从该状态下修改该项目。

使用History控制面板可以参考下面的经验：

（1）影响整个节目的全局性改变，如对控制面板、窗口或环境参数所作的改变，都不是对项目本身所作的改变，也就不会增加到History控制面板的记录中。

（2）一旦关闭并重新打开项目，先前的编辑状态将不再能从History控制面板中得到。

（3）关闭一个Storyboard窗口、Title窗口或Batch Capture窗口时，在这些窗口中产生的状态就将从History控制面板中删除。

（4）应用Revert命令将删除自上次保存以来产生的所有状态。

（5）最初的状态显示在列表的顶部，而最新的状态则显示在底部。

（6）列表中显示的每种状态也包括了改变项目时所用的工具或命令名称，以及代表它们的图标。某些操作会为受它影响的每个窗口产生一个状态信息。这些状态是相连的，Premiere将它们作为一个单独的状态对待。

（7）选择一个状态将使其下面的所有状态变灰显示，表示如果从该状态下重新开始编辑，下面列出的所有改变都将被删除。

（8）选择一个状态后再改变项目，将删除选定状态之后的所有状态。

（9）要显示History控制面板，选择Window>Show History命令。

（10）要显示项目的一种状态，单击History控制面板中该状态的名称。

5.8 Commands（命令）面板

单击菜单"Window>Show Commands"命令，开启 Commands（命令）面板，如图5–12所示。其中列出了16个最常用的操作命令和它们的快捷键，有利于用户方便地进行操作，提高工作效率，并且可以定制个性化的命令条目。

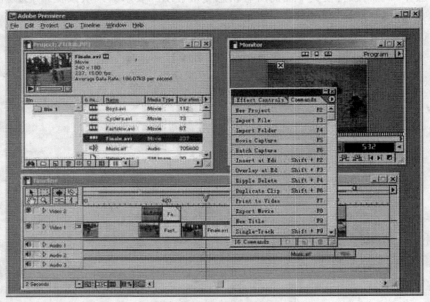

图5–12 开启命令面板

假如要在控制面板中增加一个命令的话，具体操作如下：

（1）如果Commands控制面板不可见，单击其标签，或选择Window>Show Commands命令。

（2）从控制面板菜单中选择Button Mode以取消对该菜单的默认选择。

（3）单击Add Command（增加命令）按钮，将显示Command Options对话框。

（4）在Name（名称）文本框中输入想显示在按钮上的名字。该项为可选项。

（5）为此新按钮从Premiere菜单栏选择一个命令。

（6）在Function Key选项中，为该按钮选择一个键盘功能键。该项为可选的。下拉列表框中显示了那些当前仍没有被指定给其他命令的功能键。

（7）在Color选项中，为该按钮指定一种颜色，然后单击OK按钮。

（8）从控制面板菜单中选择Button Mode命令，将命令按钮设置锁定，可以看到New Project命令行变成了紫罗兰色。

5.9 改变控制面板的显示方式

能够根据自己的喜好来改变控制面板及控制面板组的排列与显示方式，以充分地利用视觉和显示器的空间。

（1）要显示或隐藏一个控制面板，从Window菜单中选择该控制面板的名字。

（2）要隐藏或显示所有打开的控制面板，按键盘上的Tab键。

可以一个控制面板移到另一个组和别的控制面板组合在一起，用鼠标指针点在该控制面板顶部的标签，然后将其拖放到目标组中。

假如要分离一个控制面板，将面板标签拖放到另一位置；要将控制面板停靠在另一个控制面板组旁，将面板标签拖到另一个控制面板底部，直到目的控制面板底部被高亮显示，然后释放鼠标；要将控制面板从组合或停靠在一起的控制面板中分离出来，将控制面板标签拖离其他控制面板。

如果由不止一个显示器连接到系统上，并且操作系统支持多显示器的桌面，能将控制面板拖到其他显示器上。

本章小结

本章对Premiere Pro 2.0中的辅助窗口下的常用面板进行了详细的讲解，各类面板中有很多的参数和设置需要操作者具有一定的经验和技巧，所以在学习本章的同时一定要进行练习，尝试不同面板中的不同设置，以便总结出更多更好的经验。

思考与练习

1. 怎样改变控制面板的显示方式？
2. 熟练掌握Transition（过渡）面板技巧，用Transition（过渡）面板技巧连接两个影片。

第6章

Premiere Pro 2.0
字幕制作

本章主要介绍影视动画后期制作中的字幕制作。

Premiere Pro 2.0 字幕工具的应用
Premiere Pro 2.0 字幕的效果应用
Premiere Pro 2.0 滚动字幕

熟练掌握 Premiere Pro2.0 字幕制作的方法
能够独立完成字幕效果制作

6.1创建一个标题文件

（1）　单击File菜单，如图6-1所示，在下拉菜单中选择New子菜单的Title选项。

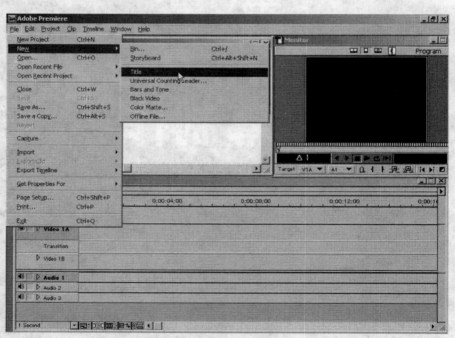

图6-1　创建新文件

（2）　弹出一个未命名的Tile窗口，如图6-2所示，在这个窗口中可以创建文本或者图形，而此时在菜单栏中也会出现一个Title下拉菜单。

（3）　可以选择文本工具创建文本，作为片头的片名或者作为文字说明，可以进行多种叠加，如图6-3所示。

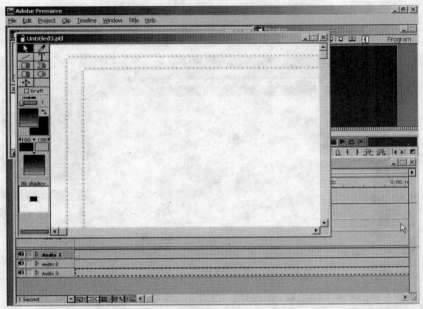

图6-2　Title窗口

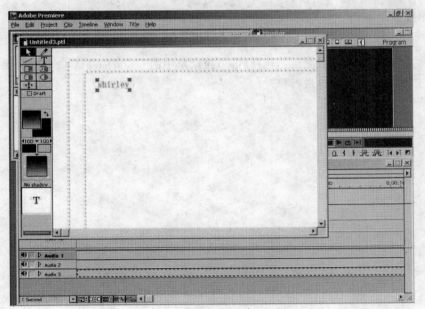

图6-3　创建文本

（4）还可以使用图形工具创建各种颜色的边框或者多种形状的图形，可以进行多种叠加，如图6-4所示。

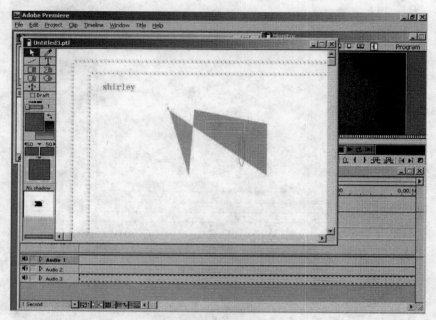

图6-4　创建图形

（5）一个Title创建完成之后，选择File下拉菜单中的Save或Save As命令进行保存，文件后缀为.ptl，以后可以打开文件进行修改。

6.2 文本对象

文本对象是字幕的主体部分，在Premiere Pro 2.0中可以方便地编辑字幕文本。首先介绍如何创建文本对象，再介绍如何制作滚动文本。

（1）在Title窗口的工具板中选择文字工具（Type Tool），其图标是一个大写字母T。在Title窗口内单击，如图6-5所示，出现一个文本区。

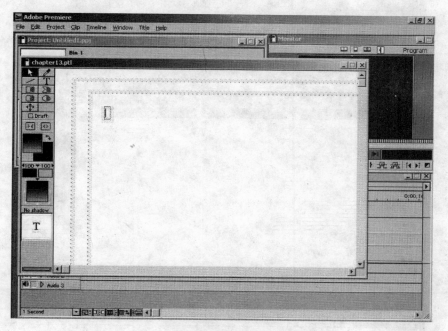

图6-5　创建文本区

（2）在文本区中输入文字，如图6-6所示。

（3）文字输入完毕，单击文本框外边的任何地方，文本框消失，如图6-7所示。

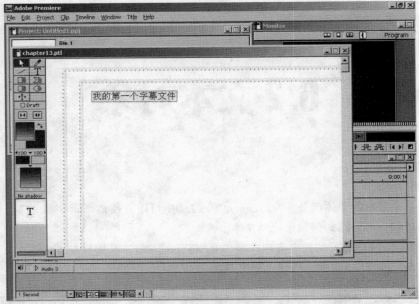

图6-6 输入文字

图6-7 文本框消失

（4）单击文本区，可以看到文本区四角各出现一个控制点，此时可改变窗口的前景色。

（5）单击Title工具板的"Object Color"按钮，弹出"Color Picker"对话框，如图6-8所示，选择一种颜色作为前景色。

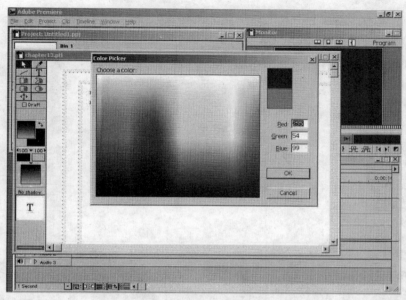

图6-8　设置前景色

（6）　单击"OK"按钮后，可以看到被选中的字体颜色变得和前景色一样，如图6-9所示。

（7）　如图想减小文字间距，先激活文本框，将光标插入到"字"和"幕"两个字的中间，然后单击Title窗口工具面板中减小文字间距按钮，如图6-10所示，"字"和"幕"的间距变小了。如想增加文字间距，可以单击右边的增加文字间距按钮。

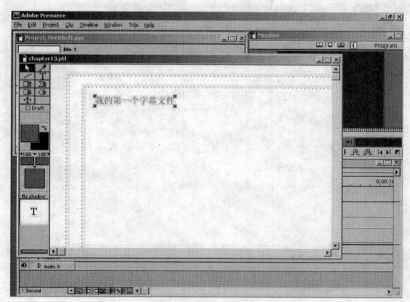

图6-9　增加文字间距

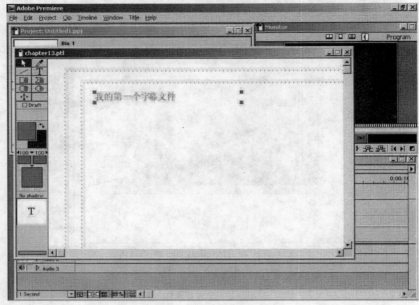

图6-10　减小文字间距

（8）如果想改变整个段落的对齐方式，首先单击Title窗口的Selection工具，单击文本区以选中它，如图6-11所示，选中的文本区四角出现控制点。

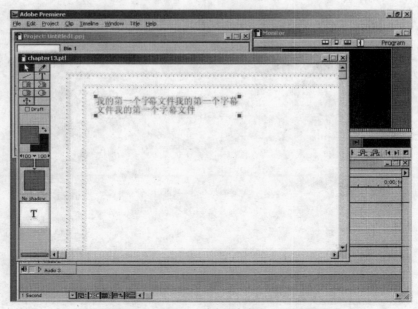

图6-11　改变对齐方式

（9）然后单击Title下拉菜单，Justify选项有三个子菜单，如图6-12所示，Left表示左对齐，Right表示右对齐，Center表示居中。

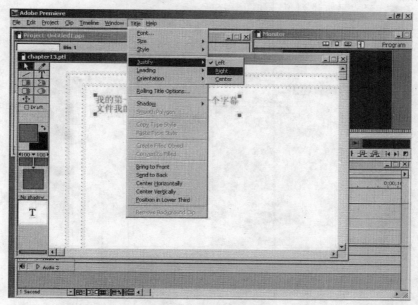

图6-12 对齐方式选择

（10）选择"Right"后，文本就右对齐了，如图6-13所示。

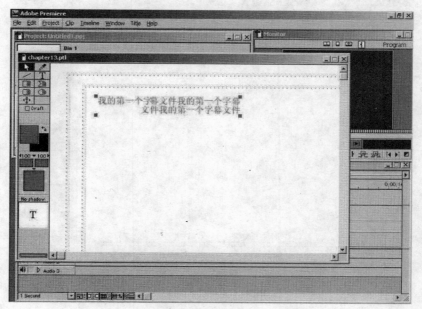

图6-13 右对齐

（11）通常情况下，文本是按照从左到右的顺序排列的，也可以垂直排列。单击Title下拉菜单，如图6-14所示，选择"Orientation>Vertical"命令。

（12）文本就变成垂直排列了，如图6-15所示。

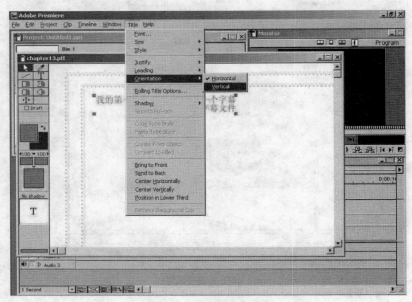

图6-14　垂直排列选择

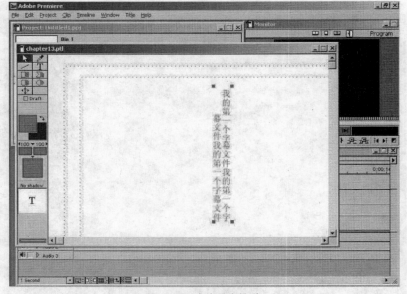

图6-15　文本垂直排列

　　（13）　还可以随意改变文字的形状，按住Ctrl键不放，单击文本区四角的任一控制点，拖动鼠标改变文本区域，文字的形状也发生变化，如图6-16所示。

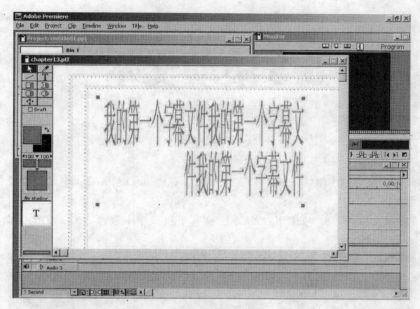

图6-16　文字形状变化

专业指点

　　在改变坐标值大小时有两种方式，既可以在数字上按下鼠标左键不放，通过左右移动来调节数值的大小，也可以在数字上单击鼠标左键，然后在出现的空白中用键盘输入数值的大小。

　　用同样的方法可以制造出字幕的Scale大小变化、Rotation角度变化、Opacity透明度变化等效果。

6.3 滚动文本

滚动文本是电影节目中最常见的一种文本形式，在Premiere Pro 2.0中可以方便快捷地创建滚动文本的效果。

（1）首先单击File菜单，如图6-17所示，在其下拉菜单中选择"New>Title"命令。

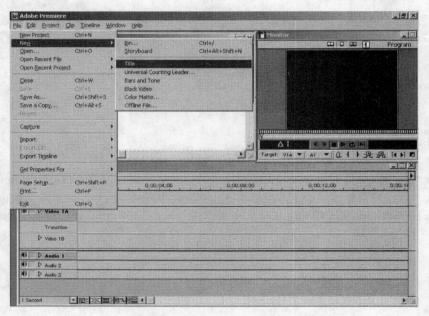

图6-17

（2）弹出一个新建的标题窗口，可以改变窗口的大小。在标题窗口的标题栏上单击鼠标右键，弹出快捷菜单，如图6-18所示。

（3）选择"Title Window Option"命令，弹出"Title Window Option"对话框，如图6-19所示。

图6-18

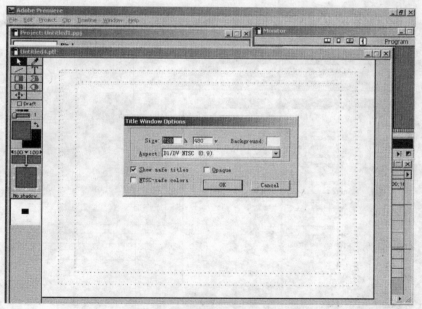

图6-19

（4）在Size选项后面输入需要的尺寸，并激活"Show safe titles（显示安全区域）"参数，单击"OK"按钮，如图6-20所示。标题窗口的大小已改变。

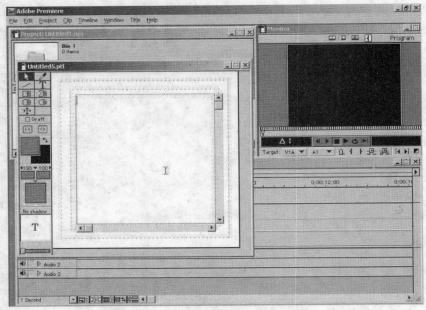

图6-20

（5）在滚动文本区中键入需要的文字，可以拖动右边或者底部的滚动条来显示更多的内容，如图6-21所示。

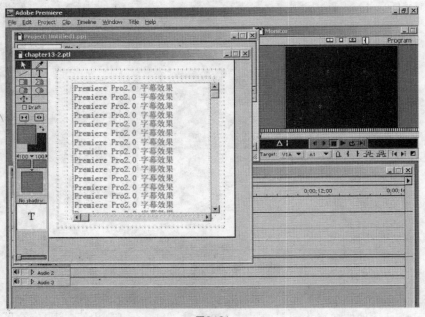

图6-21

(6) 文字录入完毕，如果想接着调整文本区的位置，可以激活文本区，直接拖动其控制点即可，如图6-22所示。

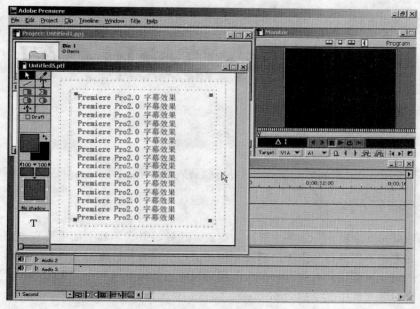

图6-22

在电影的结尾（或开头）处，一般要出现滚动的字幕以显示相关信息。在Direction项选Move Up，即向上滚动，如勾选Enable Special Timings，则可改变滚动速度：如Pre Roll（开始前）、Ramp Up（加速）、RampDown（减速）与Post Roll（结束后）均为零帧，则字幕匀速滚动。

6.4 其他字幕效果介绍

下面具体介绍一些标题特效的制作。这些标题特效综合使用了Premiere Pro 2.0中的各种手段。

1. 透明标题的实现

所谓透明就是文字框的中间各个影片在播放。这种特效实际和上面七彩霓虹标题实现方法大体一致，主要的不同是作为底图的影片采用动态影片或者图片素材，这里不再举例说明。从应用的角度来说，可能比前者更有价值。但使用时应根据需要调整作为底图的影片或者图片的尺寸，以符合标题文件中文字的大小。

2. 阴影文字的实现

如果不需要阴影动画，可以直接在标题文件里为文字建立阴影，可以通过阴影渐变色调节，增强阴影效果，可以在Title窗口中通过单击鼠标右键选择Shadow>Soft的方式使得阴影比较模糊。

3. 立体动画效果标题

主要采用Motion设定中的变形处理实现。

4. 镜像标题

主要在Motion设定窗口中，利用运动旋转选项使得文字垂直反转，并调整位置实现。可以通过施加Camera Blur滤镜或者直接使用Fade调节以增加模糊效果。

5. 模糊标题

主要采用Camera Blur镜头模糊滤镜，并结合Motion设定中的Distortion变形实现。

值得注意的是要保证标题影片恢复原状的时间和镜头清晰的时间一致，应注意通过对时间线上点的拖动调整Motion窗口时间线上的帧数和Filter窗口时间线上的帧的位置。

6. 球面三维动画标题效果的实现

使用Spherize滤镜。该滤镜模拟将影片包裹到一个球面上，通过调节Start点和End点的强度，可以实现一种文字在三维空间动画的效果。

7. 颜色渐变标题效果的实现

这种效果比较缤纷。使用Color Balance（颜色平衡）滤镜或者Hue and Saturation（色相、饱和度）滤镜实现。

8. 动态光晕效果的实现

主要采用Alpha Glow辉光滤镜实现。该滤镜可以为影片素材Alpha通道的边缘增加彩色的辉光。由于Premiere Pro 2.0的标题文件已经自动为文字建立了Alpha通道，因此可以用它制作文字光芒四射的效果。

上面大致列举了九种标题特效，实际上能够实现的标题特效远不止这些，并且对于片头而言，往往还需要组织多个标题同时出现在屏幕中。但最重要的并不是特效本身，而是如何使我们制作的标题效果能够与整个影片相协调，很多时候并不需要复杂的手段，够用就行。

本章小结

本章学习了Premiere Pro 2.0软件中字幕工具的应用，并运用这些工具制作了字幕效果，大家应该多观察影视动画中常用的字幕效果，并在软件中进行尝试实现。

思考与练习

1. 在Premiere Pro 2.0中添加并调整字幕。
2. 滚动字幕的制作。

第7章

Premiere Pro 2.0
运动效果

主要内容

在 Premiere Pro 2.0 中可以在画面上设置一条轨道，相应的剪辑可以沿着这条轨迹运动，从而形成动画效果，本章将对其进行探讨。

本章重点

Premiere Pro 2.0 动画效果的应用

本章目标

掌握 Premiere Pro 2.0 动画效果的制作方法

7.1 制作动画效果

（1）首先在Timeline窗口中编排好如图7-1所示的素材。

图7-1

（2）单击选中Video 3轨道上的目标剪辑，如图7-2所示。

（3）右击弹出快捷菜单，如图7-3所示，选择"Video Option>Motion"命令。

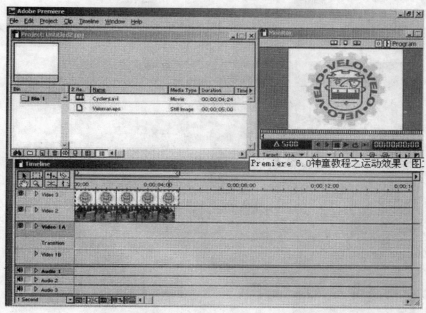

图7-2

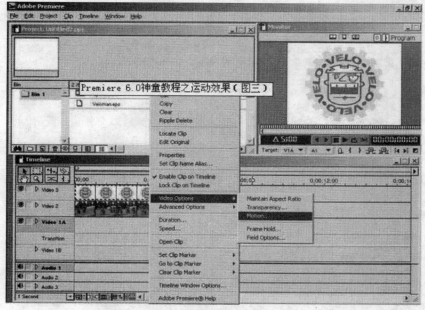

图7-3

（4）接着弹出"Motion Settings（运动设置）"对话框，如图7-4所示。在窗口的左上角是运动预览窗口，显示的是系统默认的运动径效果；窗口的右上角的路径窗口中显示了运动路

径，默认的是从左到右的直线运动，只有开始和结束两个控制点。

（5）如果是比较简单的运动，拖动开始和结束的控制点调整位置即可，如图7-5所示。

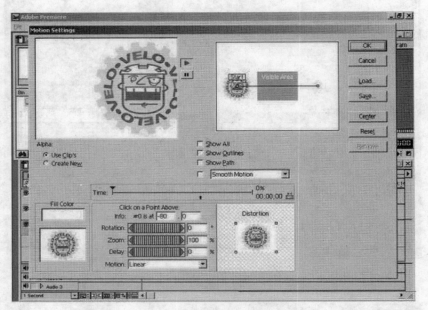

图7-4

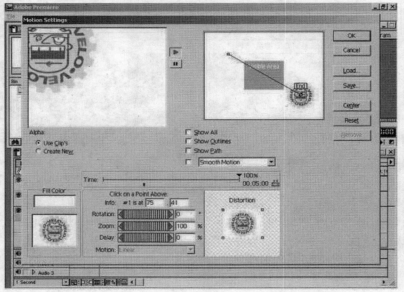

图7-5

（6）当鼠标停留在表示路径的黑线上时，指针变成手指的形状，如图7-6所示。

（7）此时单击鼠标，在路径线上就会出现一个新的控制点，如图7-7所示，与开始和结束的控制点一样，也是矩形的小点。

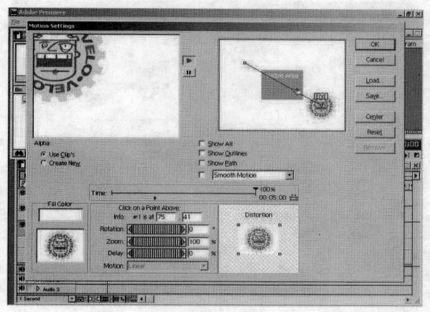

图7-6

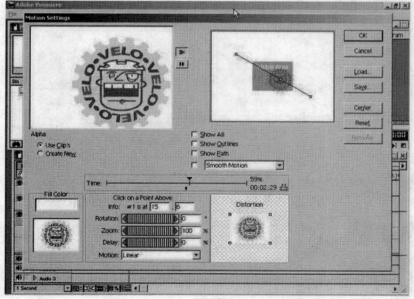

图7-7

(8）除了在路径窗口中直接单击增加控制点，不可以在Time选项卡中的直线上方单击鼠标增加控制点，鼠标指针变成一个黑三角形，如图7-8所示。

（9）单击鼠标就增加了一个控制点，如图7-9所示，在路径设置窗口中也同步反映出来。

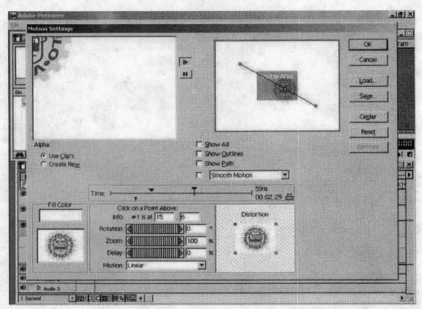

图7-8

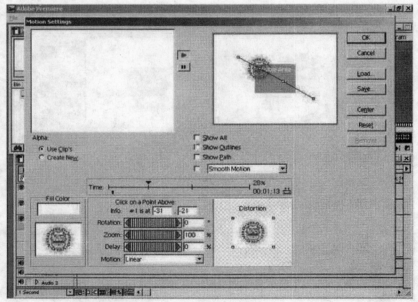

图7-9

（10）把鼠标指针移动到Time栏中的横线上，鼠标指针变成了手指的形状，如图7-10所示。

（11）此时拖动鼠标可以移动控制点的位置，如图7-11所示。

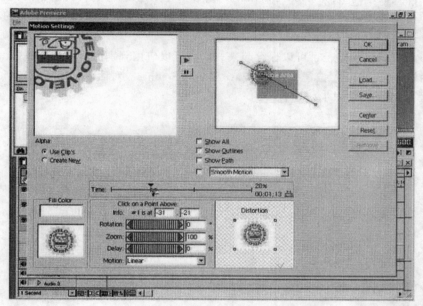

图7-10

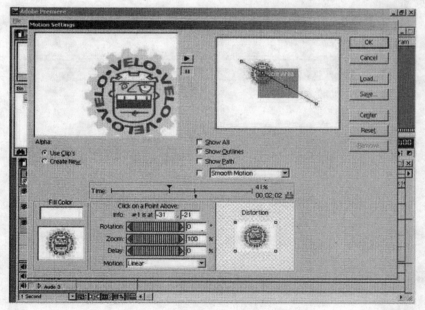

图7-11

专业指点

在调整路径的过程中，"Motion Settings"对话框左上角的预览窗口内实时反映出所作的调整，可以单击暂停按钮停止预览，也可以在Time选项卡中，用鼠标拖动横线下方的小黑色箭头实现预览。

（12）设置好运动路径，可以保存起来，以后可以应用到别的剪辑上，单击"Motion Settings"对话框中的"Save"按钮，弹出"Save Motion Settings"对话窗，如图7-12所示，选择要保存的路径，并输入相应的文件名。

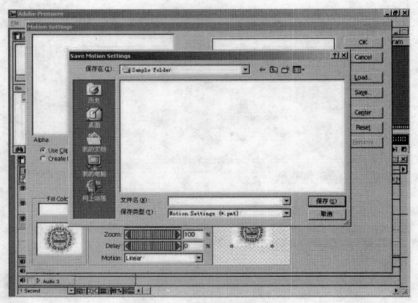

图7-12

7.2 路径控制点的精细调整

（1）在Timeline窗口中可以看到，如图7-13所示，应用运动设置的剪辑底端有一条比较粗的红线。

图7-13

（2）在该剪辑上右击鼠标，弹出快捷菜单，如图7-14所示，然后在弹出的菜单中选择"Video Option>Motion"命令。

（3）在弹出的"Motion Settings"对话框中，击活右上角的路径窗口，如图7-15所示。

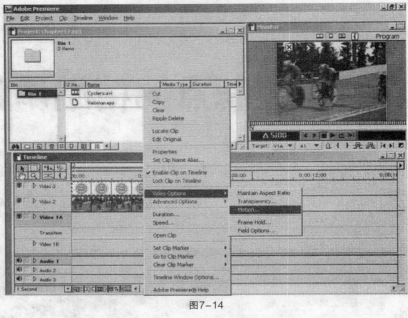

图7-14

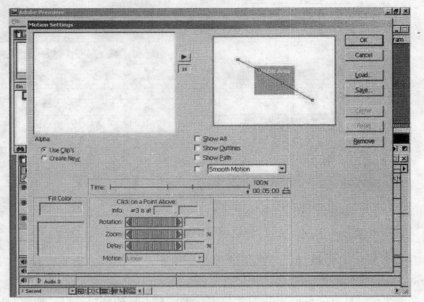

图7-15

（4）然后按下Tab键可以按照从开始到结束的顺序在控制点之间移动，如图7-16所示。

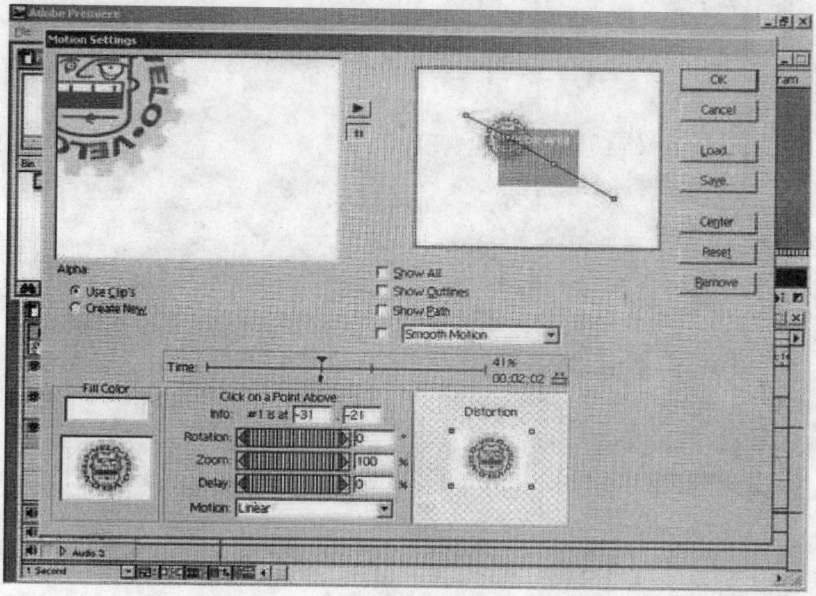

图7-16

如果在按下Tab键的同时按下Shift键，则按相反的方向在控制点之间移动，按下Home键可以直接到达Start控制点，按下End键可以直接到达End控制点。

（5）选中一个控制点后，按住鼠标不放拖动，可以改变控制点的位置。

专业指点

在选中控制点后，如果按下方向键，则每次移动一个像素，如果同时按下Shift键，则每次移动5个像素。

（6）在Time栏下的Info选项卡中，可以用赶往坐标值的方法来定位控制点，如图7-17所示，这样可以准确地定位控制点。

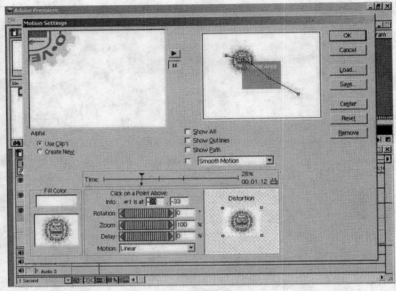

图7-17

专业指点

　　由于填入的坐标值是按照80像素×60像素的样图来计算的，要想获得更加精确的位置，可以键入小数。

　　（7）按同样的方法可以调整其他控制点，如图7-18所示。

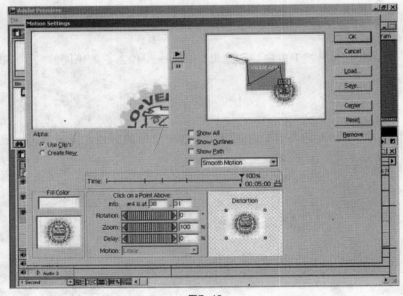

图7-18

7.3 改变剪辑的运动速度

(1) 在"Motion Settings"对话框中,可以通过Time栏来控制剪辑的运动速度,如图7-19所示。Time线的长度代表剪辑的时长 (Duration),调整它可以产生变速运动。

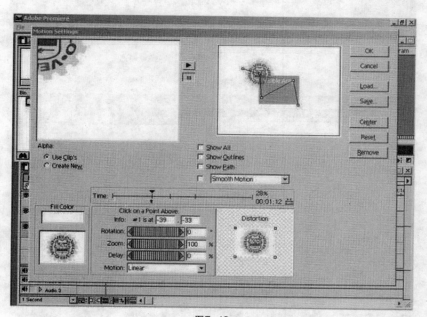

图7-19

(2) 在路径窗口中用Tab键选定一个控制点,或者在Time栏中单击选定,在选定的控制点上方会出现一个黑色的三角形,如图7-20所示。

(3) 在Time栏中间的横线上用鼠标拖动黑色的三角形,两个控制点靠近就减小时长,反之增加时长,如图7-21所示,但剪辑在显示窗口中的位置不变。

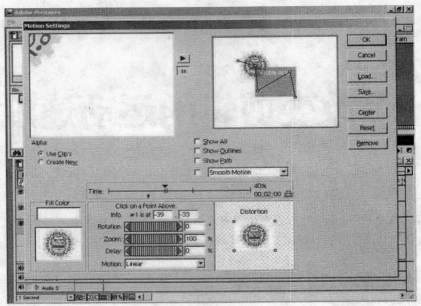

图7-20

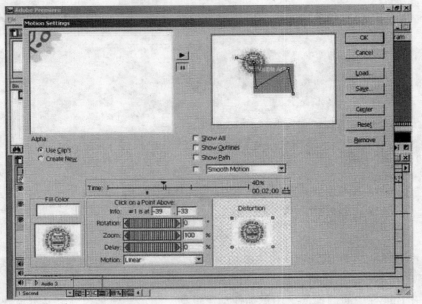

图7-21

（4）如果要删除一个控制点，先要在路径窗口中或者在Time栏中选定这个控制点，如图7-22所示。

（5）然后按下Delete键即可删除选中的控制点，如图7-23所示，在路径窗口中可以看到刚才选中的控制点已经消失。

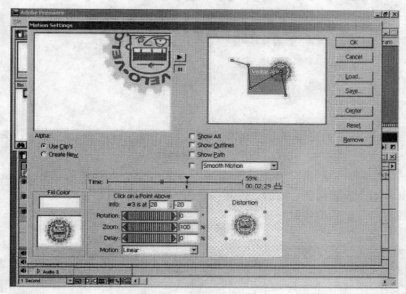

图7-22

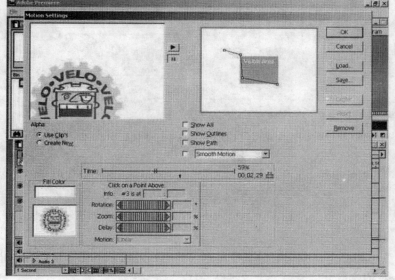

图7-23

7.4 运动画面的翻转、缩放、停滞和变形

除了设置画面沿路径移动的动画效果，还可以让画面产生翻转、缩放、停滞和变形等效果。

（1）在如图7-24所示的"Motion Settings"对话框中，底部中间的参数Rotation、Zoom、Delay、Motion分别来设置翻转、缩放、停滞等效果。"Motion Settings"对话框右下角的变开窗口中的四个控制点可以做出各种变形。

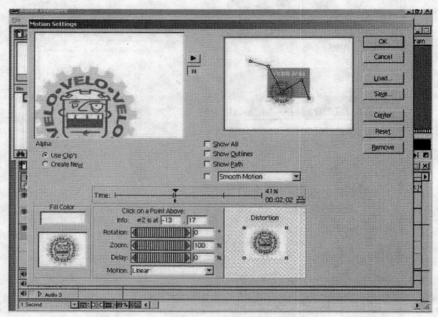

图7-24

（2）首先在路径窗口中选定一个控制点，如图7-25所示，图形显示在选中的控制点上，也可以在Time栏内选取。

（3）在Rotation选项中输入角度值720，如图7-26所示。使剪辑在到下一个控制点的过程之中旋转，角度值可以定义从–1440到1440。同时在路径窗口中可看到应用了旋转的控制点变成了红色。

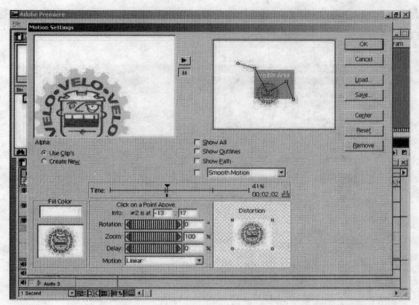

图7–25

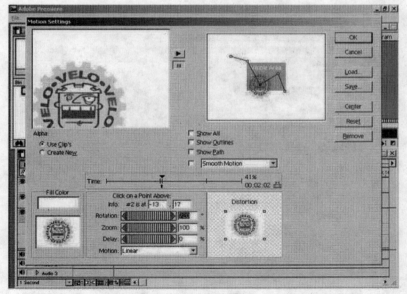

图7–26

（4）在Zoom选项中输入缩放值320，如图7-27所示，可以使剪辑在关键帧处放大或缩小，缩放值可定义为0到500。可以在路径窗口中看到剪辑的缩放效果。

（5）在Delay选项中可以设定剪辑在某个点上的停滞时间，在Motion选项中有三个可选值，如图7-28所示。选择Linear，表示匀速运动；选择Decelerate，表示减速运动；选择Accelerate，表示加速运动。

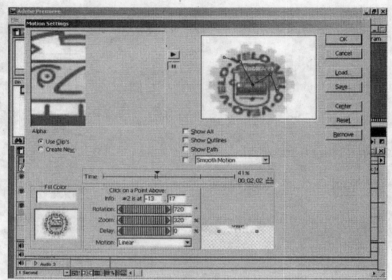

图7-27

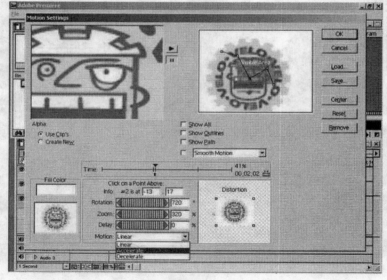

图7-28

（6）在变形窗口中，剪辑简图四角各有一个控制点，鼠标指针放在其上会变成手指的形状，单击并拖动鼠标就可以移动控制点使之变形，如图7-29所示。

（7）如果想移动整个剪辑图像，把鼠标指针放在简图上方，鼠标指针变成四向箭头，如图7-30所示。

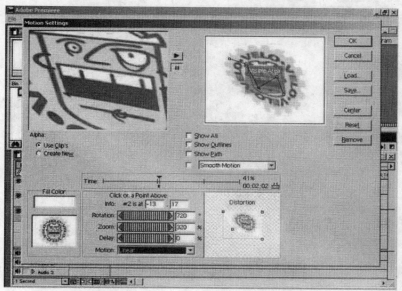

图7-29

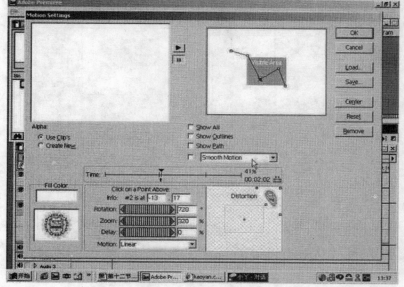

图7-30

（8）拖动简图移动，当剪辑的一边碰到窗口边界时会变形，如图7-31所示。

（9）四个控制点的位置可以互相掉换或者重叠，形成图像的翻滚等各种效果，如图7-32所示，依照上述步骤设置每个控制点即可。

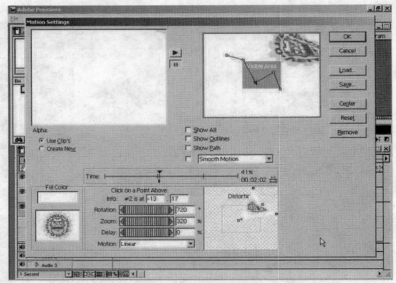

图7-31

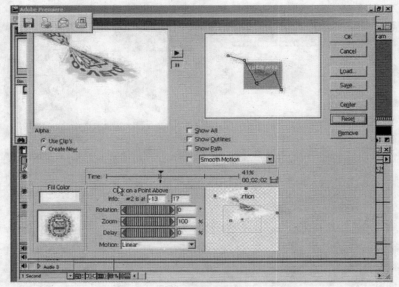

图7-32

7.5 运动时间控制和其他设置

在"Motion Settings"对话框中可以对运动变形的时间进行精确的控制，其操作步骤如下：

（1）在"Motion Settings"对话框中，如图7-33所示，在Time选项卡中右端的两个红色三角形标识，显示的时间是从整个Timeline开始处计算。

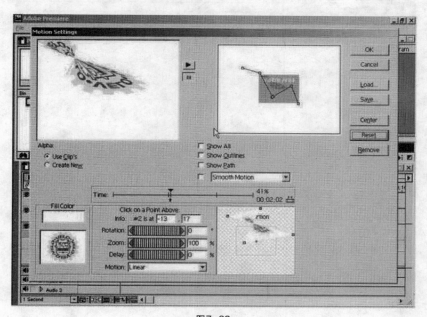

图7-33

（2）单击这个标识，使之变成图7-34所示效果，时间的显示是从这个剪辑的开端计算，这个标识对精确设定时间有帮助。

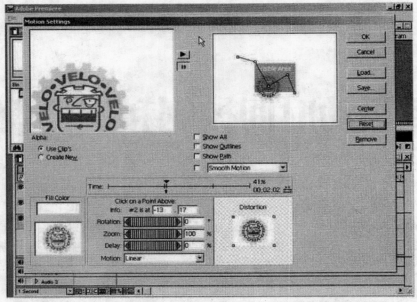

图7-34

7.6 加入亮色背景

在使用键控时，如果使用一个亮色背景可以更好地预览效果。加入亮色背景的操作步骤如下：（1）单击File下拉菜单，如图7-35所示，选择"New>Color Matte"命令。

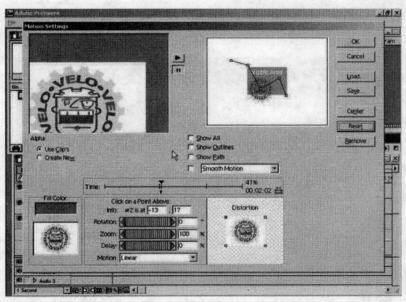

图7-35

（2）若对所进行的运动设置不满意，可以单击"Motion Settings"对话框右边的"Reset"按钮，则翻转、缩放、停滞等设置恢复到系统默认的状态，如图7-36所示。

（3）在"Motion Settings"对话框中左下角的"Fill Color"选项卡中，可以直接从剪辑中选一种颜色作为背景色，如图7-37所示，选中的颜色显示在上方的矩形方框中。

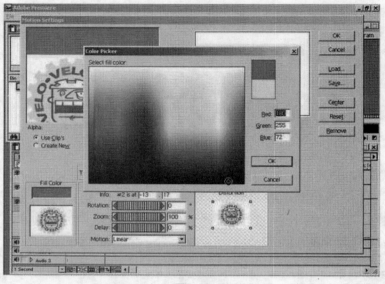

图7-36

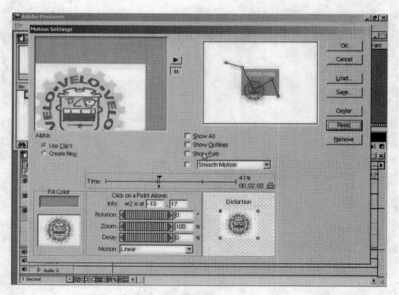

图7-37

（4）单击Fill Color选项卡中上面的矩形框，弹出"Color Picker"对话框，如图7-38所示，选择一种颜色作为背景色。

（5）再单击一下"Reset"按钮，在预览窗中可看到背景色，如图7-39所示。

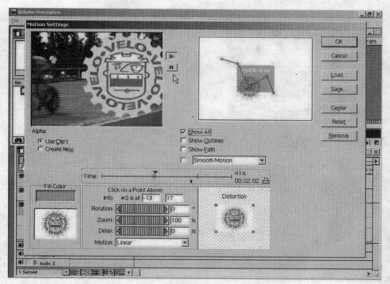

图7-38

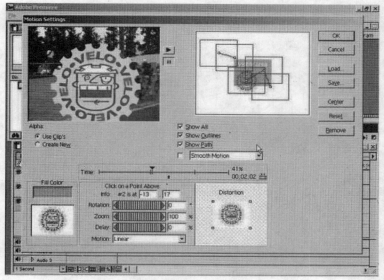

图7-39

（6）在"Motion Settings"对话框的中间有几个复选框，选中"Show All"，预览窗口显示最终的运动效果，如果当前对象下方有其他对象，可以将其显示出来，如图7-40所示。

（7）选中"Show Outline"复选框，在路径窗口中将显示第一个关键帧的图像外框。选中"Show Path"复选框，在路径窗口中显示对象的运动路径。

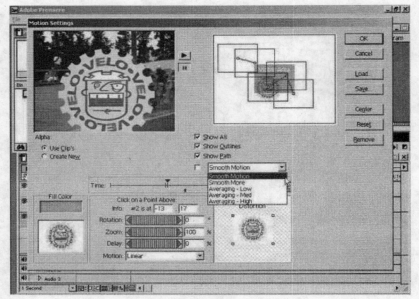

图7-40

7.7 技巧运用

1. 如需要图标在某一控制点停留一些时间，可在Delay栏输入一个数值，或单击Delay滑轨两侧的箭头以快速调整停留时间。

2. 有角度及大小变化的控制点会显示为红色，没有角度及大小变化的控制点为白色。

3. 要去掉一个控制点，可在轨迹窗单击此点，再按Delet键。

4. 在右下方的Distortion区，改变图标任一顶点的相对位置，可使动画产生变形效果。

5. 单击右侧的Center按钮可将当前选定控制点处的画面中心与屏幕中心对齐；Reset按钮用于将素材画面中的旋转、缩放、变形等效果清除；Remove按钮用于取消运动。

本章小结

Premiere Pro2.0虽然不是动画制作软件，但却有强大的运动生成功能，通过运动设定对话框，能轻易地将图像（或视频）进行移动、旋转、缩放以及变形等，可让静态的图像产生运动效果。

思考与练习

1. 熟悉Premiere Pro2.0中动画制作功能。

2. 制作一段带有Premiere Pro2.0动画效果的视频。

第8章

Premiere Pro 2.0
音频剪辑应用

主要内容　本章主要介绍 Premiere Pro 2.0 对视频剪辑的各种加工方法及对音频剪辑进行处理的一些技巧。

本章重点　Premiere Pro 2.0 音频模块和基本应用
Premiere Pro 2.0 音频剪辑应用

本章目标　掌握 Premiere Pro 2.0 音频剪辑的方法

8.1导入声音文件

启动Premiere Pro 2.0，单击 File 菜单下的Import，在弹出的对话框中找到要导入的声音文件，就可以将声音文件导入到素材窗口，如图8-1所显示。

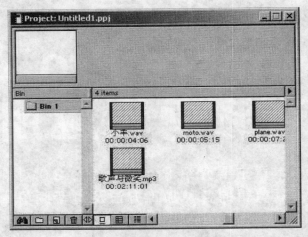

图8-1

然后，拖动素材窗口中的图标到下面的音频轨中就可以进行编辑加工了。Premiere Pro 2.0支持的声音文件格式有aif、 wav、 mp3等常见的音乐格式。

8.2 精确剪辑声音文件的长度

　　许多声音文件，特别是自己录制的音乐中，经常出现长度不够精确的情况。Premiere Pro 2.0完全可以轻松搞定。操作方法如下：

　　（1）将素材窗口中的声音文件拖放到Timeline窗口中的Audio1音轨上。

　　（2）点击Audio1左边的小三角，这时可以看到声音的波形，设置Timeline窗口左下角查看比例列表中选择不同的查看比例，可以看到声音文件的每一个细节，如图8-2所示。

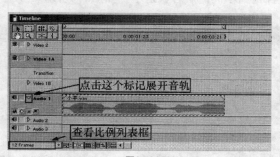

图8-2

　　（3）选择Timeline窗口中的切割工具（Razor tools），就可以将一整段的声音文件切成多段，如图8-3所示。

图8-3

　　然后选择不想要的一段，按Del键就可以删除了。

　　（4）最后不要忘记将后面的声音片段拖到前面，要不然中间会出现一段一段的静音。

专业指点

操作过程中选择不同的查看比例可以简化许多操作，避免反复拖动滚动条。

8.3 混合声音文件

　　有时，我们在课件中需要同时播放几种声音，这在课件开发平台中实现起来是较困难的，但Premiere Pro 2.0中，实现起来却易如反掌。操作方法如下。

　　（1）先导入所需的声音文件一起添加到素材库。

　　（2）将每个声音文件拖到不同的声音轨道中，如图8-4所示。

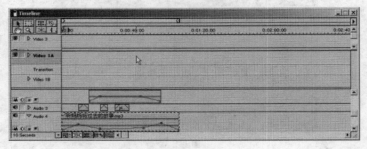

图8-4

排列好位置，调节好音量即可。

专业指点

　　1. 如果某个声音文件要反复利用多次，可在轨道中进行复制、粘贴操作。

　　2. 如默认的三个音轨不够用，可以增加音乐轨道。具体操作方法：点击Timeline菜单下的Add audio track，即可以增加一个音乐轨道（最多可以增加92个音乐轨道）。

8.4 制作特殊声音效果

Premiere Pro 2.0提供数十种音频特效滤镜插件（共分成了七组），几乎包括了各种常用的声音特效（如去除杂音、添加回声、倒放、和声、波浪、声道交换等）。而且还可以到网上下载第三方制作的声音滤镜，以扩充其功能。关于滤镜的使用方法，操作步骤一般如下：

（1）选择Windows菜单下的Show Audio Effect，即可看到音频滤镜窗口（默认情况，系统启动后就可以看到该窗口）。

（2）点击滤镜名称组前的小三角形，可以展开各组滤镜，如图8-5所示。

图8-5

（3）将滤镜名称拖放到音轨中要添加滤镜效果的声音片段文件图标上。

（4）很多滤镜在此会弹出对话框，进行参数设置。

123

8.5 调节音频的音量

（1）导入一个音频剪辑到项目中，并拖入到Timeline窗口的Audio1音频轨道，如图8-6所示。

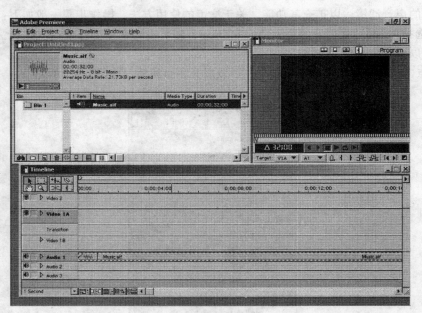

图8-6

（2）在音频剪辑上单击鼠标右键，弹出快捷菜单，如图8-7所示，选择"Audio Gain"命令。

（3）接着弹出"Audio Gain"窗口，用来调节音量，在数字框中键入1到200之间合适的数值。也可以单击"Smart Gain"按钮，由系统来自动调节音量。

（4）调节完后，单击"OK"按钮，在Timeline窗口中双击音频剪辑，就在Clip窗口中打开音频剪辑，如图8-8所示，用Clip窗口的控制器播放音频剪辑来试听声音效果。

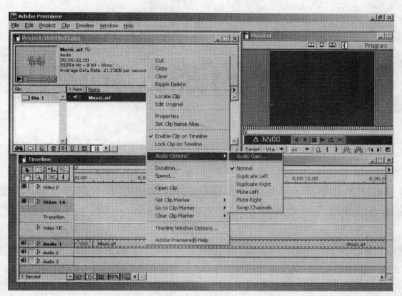

图8-7

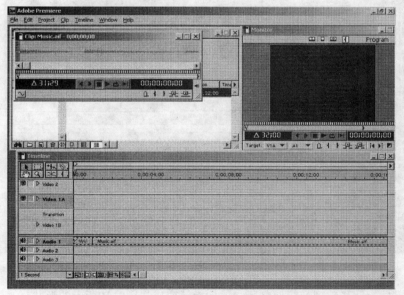

图8-8

8.6 声音的淡入和淡出

在多媒体课件中，如果背景音乐突然出现或是突然结束，都会给人一种不舒服的感觉。所以我们在很多场合需要将声音处理成淡入淡出效果，Premiere Pro 2.0可以随意控制声音的起伏。操作方法如下：

（1）在Timeline窗口中，单击Audio1音频轨道左侧的三角形按钮，使音频轨道展开，如图8-9所示。

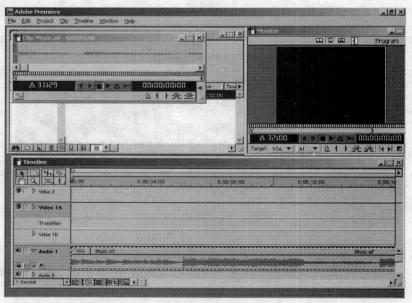

图8-9

（2）将鼠标指针移动到音频调整区，鼠标指针变成如图8-10所示的形状。

（3）在音频轨道上单击，将在红色的线上增加一个红色控制点，如图8-11所示，上下拖动控制点可以调整音量大小。

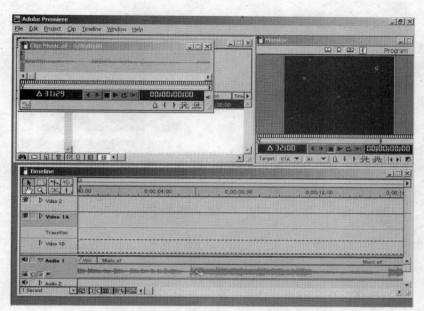

图8-10

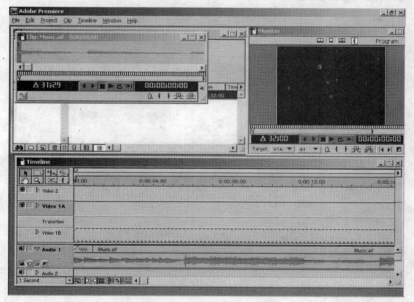

图8-11

（4）可以增加多个音量控制点来调整音频剪辑声音的变化，向上拖动控制点使音量变大，向下拖动使音量变小。如图8-12所示，可以调整声音至最大→最小→较大→正常。

（5）如果在调整的时候打开了Info调色板，可以在Info调色板中看到音量调整信息，如图8-13所示。

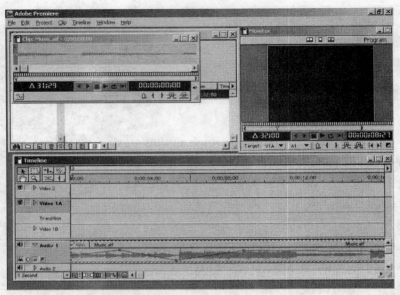

图8-12

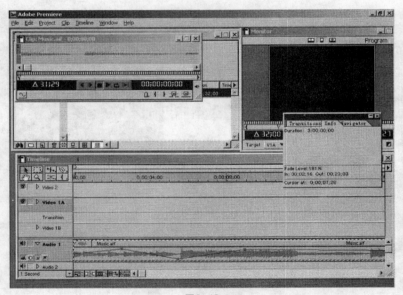

图8-13

专业指点

可按百分比调整音量，在控制点上按下鼠标左键之后，再按住Shift键不放，鼠标旁边会出现百分数，音量一般以每次一个百分点变化。

8.7 音频剪辑相邻处的淡入和淡出

（1）首先使两个音频轨道展开便于编辑，如图8-14所示。

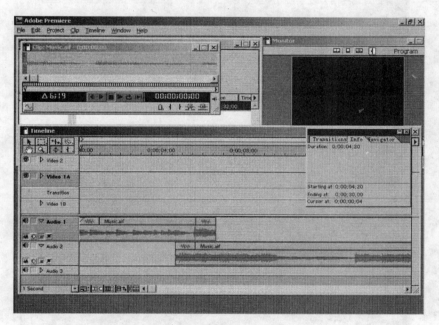

图8-14

（2）然后在Timeline窗口工具面板中选择Cross fade工具，如图8-15所示。

（3）调整好两个剪辑的重叠部分，在Timeline窗口中，用Cross fade工具单击需要淡出的音频剪辑，如图8-16所示。

（4）接着将鼠标指针移到另一个音频轨道上，可以看到鼠标指针变成了如图8-17所示的形状。

（5）此时单击鼠标，就完成交叉淡入淡出，如图8-18所示，系统会自动调整两个音频剪辑的淡入淡出设置。

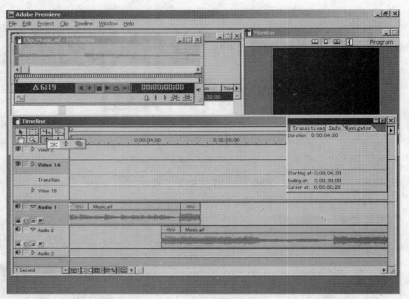

图8-15

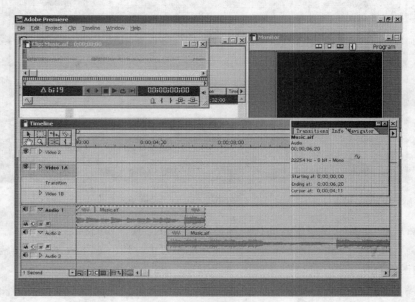

图8-16

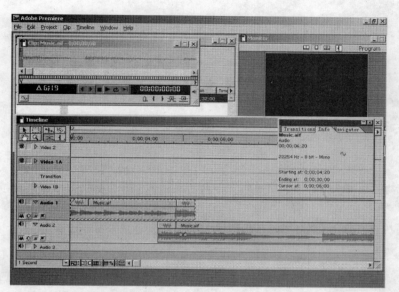

图8-17

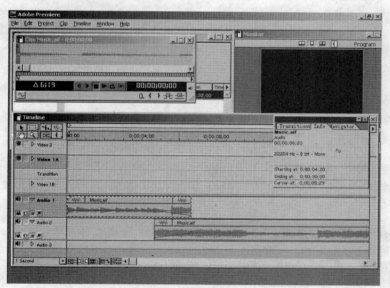

图8-18

8.8 应用到音频效果

Premiere Pro 2.0也为音频剪辑提供了一些特殊滤镜，音频剪辑也可以像视频剪辑一样应用滤镜。

（1）首先在Timeline窗口中的目标剪辑上单击以选定，如图8-19所示。

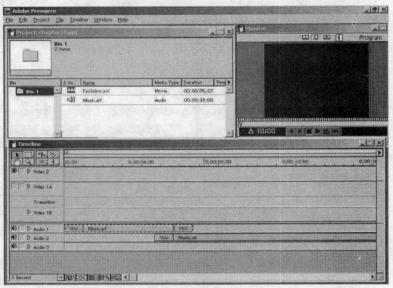

图8-19

（2）接着单击Window菜单，如图8-20所示，在其下拉菜单中选择Show Audio Effects命令。

（3）此时弹出Audio Effects窗口，如图8-21所示，其中列出了系统提供的各种音频滤镜，一共有21种。

（4）单击Audio Effects窗口中Reverb & Delay文件夹左边的三角形按钮，如图8-22所示，展开该文件夹，可以看到其中的滤镜列表。

（5）单击Echo滤镜的图标，并按住鼠标不放，将其拖到Timeline窗口中被选中的剪辑上，如图8-23所示，当鼠标带着滤镜移到剪辑上时，剪辑变成了酱紫色。

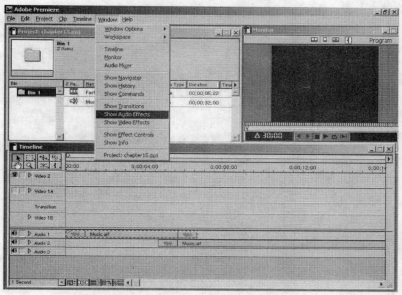

图8-20

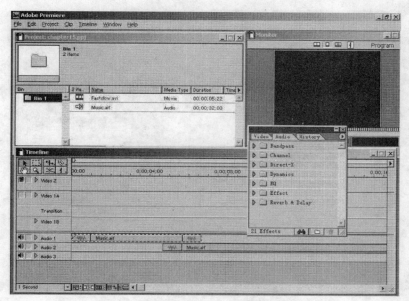

图8-21

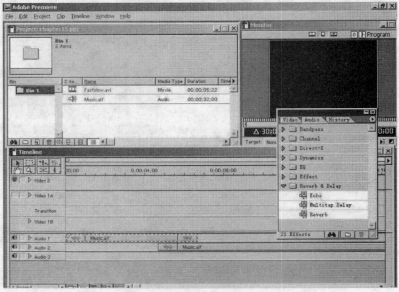

图8-22

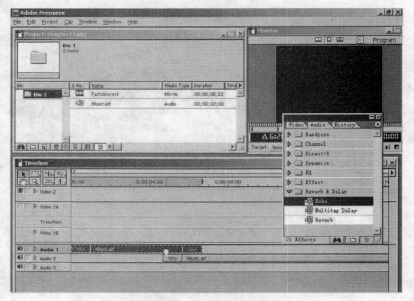

图8-23

（6）此时松开鼠标，这个音频滤镜就应用到剪辑上了，如图8-24所示，同时弹出Effect Control面板，面板左下角显示的"1 Effect"表示应用了一个滤镜，而且该音频剪辑的上端有一条绿色粗线。

（7）同样方法将Bandpass文件夹下的Highpass效果应用到同一个音频剪辑上，如图8-25所示，这时Effect Control面板左下角显示的"2 Effect"表示应用了两个滤镜。

图8-24

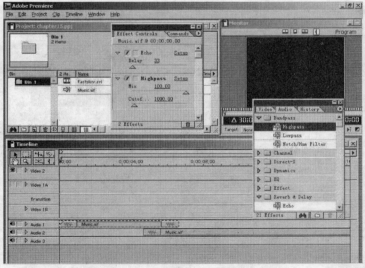

图8-25

（8）在Effect Control面板中每个滤镜名称下面都有一个简略的参数设置，单击Echo滤镜左边的三角形按钮，使其方向向右，则此参数设置被隐藏，如图8-26所示。

（9）单击Echo滤镜右端的Setup选项，则弹出"Echo Settings"对话框，如图8-27所示，列出了详细的参数设置项，可以设定一些关键参数。

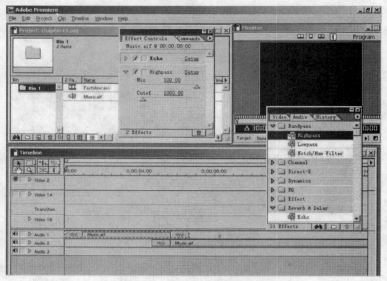

图8-26

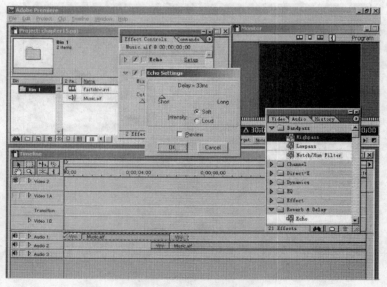

图8-27

（10）如果选中Preview选项，如图8-28所示，则所作的每一次改动都会有声音播放显示效果。

不同的滤镜，弹出的相应的参数设置窗口中的参数项也不一样，有的多，有的少。

（11）单击Video 1轨道左边的三角形按钮，展开轨道。如图8-29所示，红线显示的是设置的淡入淡出的效果。

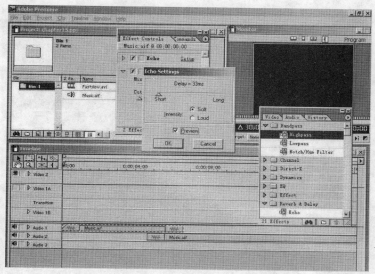

图8-28

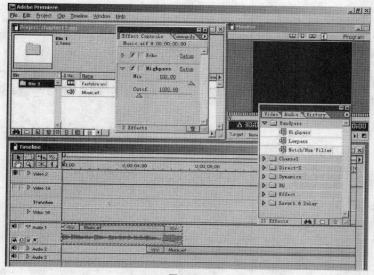

图8-29

（12）单击轨道名称下面的"Display Keyframes"按钮，此时显示的是应用滤镜的信息，如图8-30所示。展开的音频剪辑中间有一条淡蓝色线是滤镜控制线，上面是滤镜的名称，两端两个白色矩形，表示开始和结束处的两个关键帧。

（13）选中该音频剪辑，则剪辑轨道左边出现两个黑色三角形和一个白色方框，如图8-31所示。

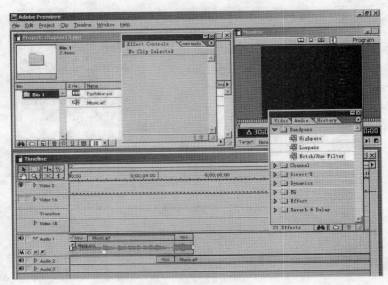

图8-30

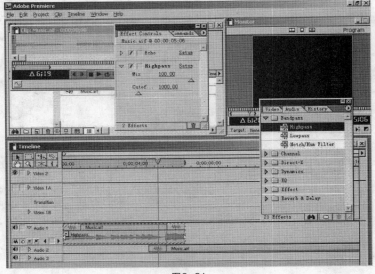

图8-31

（14）如果将编辑线移到开始或结束处的关键帧位置，并单击白色方框，则框中就出现了对勾，如图8-32所示，表示此处是关键帧，并可编辑此帧的参数。

（15）可以给剪辑增加新的关键帧，将编辑线拖到要设置关键帧的时间点，单击轨道名称下边两个黑色三角形之间的方框，使其中出现对勾，在编辑线所在处就新建了关键帧，如图8-33所示。

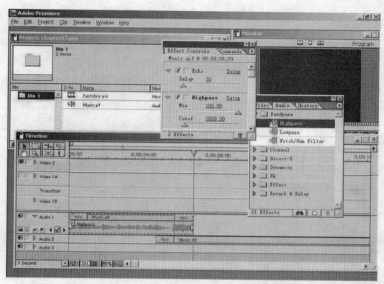

图8-32

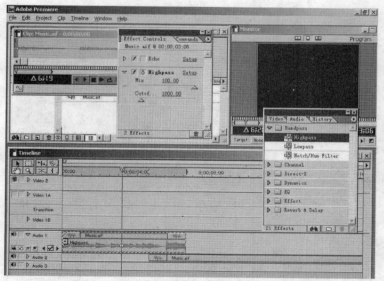

图8-33

（16）若在一个音频剪辑上应用了两个或多个滤镜，在滤镜控制线上有一个三角形弹出按钮，单击此按钮，即可看到加入该剪辑的所有滤镜名称列表，如图8-34所示，可以选不同的滤镜名称设置其参数。

（17）如图8-35所示，在Effect Control 面板中，滤镜名称左侧有一个F按钮，显示"f"表示此滤镜被应用到音频上，如Highpass滤镜；若单击此按钮使f消失，表示此滤镜没有应用到剪辑上，如Echo滤镜。

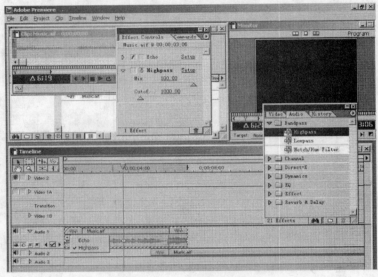

图8-34

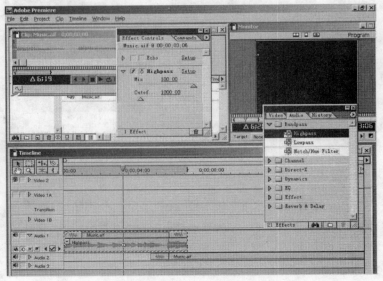

图8-35

（18）要想删除滤镜，可在Effect Control 面板中先选中滤镜名称，然后单击在Effect Control 面板右上角的三角弹出按钮，出现弹出菜单，如图8-36所示，在弹出菜单中选择"Remove Selected Effect"命令。

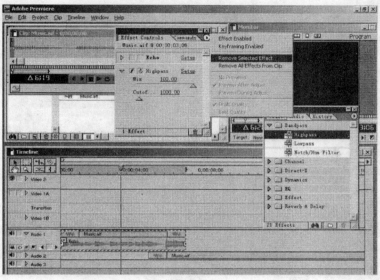

图8-36

提示：要删除所有的滤镜，可选择"Remove All Effects from Clip"命令。

（19）弹出确认框，提示用户是否确定删除，如图8-37所示。

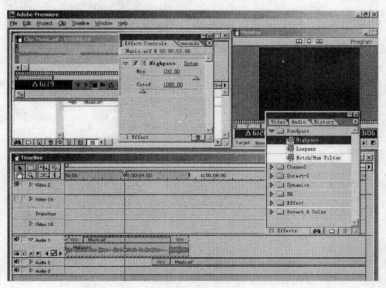

图8-37

（20）单击"yes"按钮，可看到在Effect Control 面板中，Echo滤镜已被删除，如图8-38所示。

（21）应用滤镜后，可以按Enter键产生预览文件，来试听产生的效果，如图8-39所示。

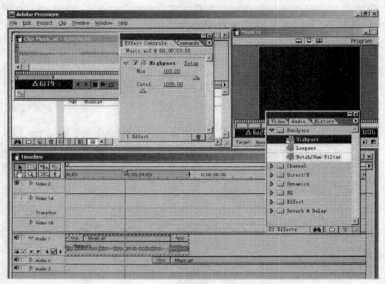

图8-38

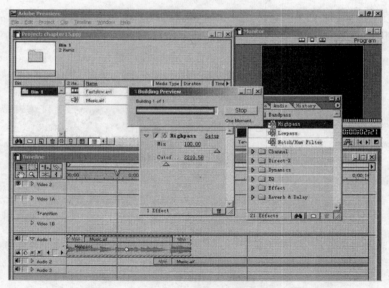

图8-39

8.9 声音文件的输出

这一步对于经常搞多媒体制作的朋友应该比较熟悉了。在输出声音文件前，需要对一些参数进行设置。简要操作如下：

（1）单击File菜单下的Export Timeline >Audio，在弹出的窗口中点击Setting按钮，进行参数设置。

（2）设置音频参数如图8-40所示。

图8-40

（3）输入文件名，开始生成声音文件。生成后，Premiere Pro 2.0可播放该声音文件，如不满意还可继续编辑。

本章小结

本章介绍了Premiere Pro 2.0的音频模块和基本应用，关于声音的处理其实非常重要，感兴趣的同学还可以参考影视声音和录音方面的资料。

思考与练习

1. 熟悉Premiere Pro 2.0中对音频的基本处理功能。
2. 给自己的剪辑作品加上适当音频。

第 9 章
Premiere Pro 2.0 菜单
简介及常用快捷键使用技巧

主要内容　本章主要介绍 Premiere Pro 2.0 常用菜单及快捷键的使用方法。

本章重点　Premiere Pro 菜单选项
Premiere Pro 快捷键

本章目标　熟练使用 Premiere Pro 菜单选项及快捷键

9.1 Premiere Pro 2.0 菜单简介

9.1.1 File（文件）

（1）New Project（新项目）：此命令用来建立一个新的剧本，其快捷命令是Ctrl+N。每次单击此命令时，系统都会弹出电影预设方案对话框，选择自己需要的预设方案。剧本是一个Premiere电影作品的蓝本，它相当于电影或者电视制作中的分镜头剧本，是一个Premiere影视剧本的分镜头剧本。一个剧本主要由视频文件、音频文件、动画文件、影视格式文件、静态图像、序列静态图像和字幕文件等素材文件组成。此外，在剧本中也反映了素材文件在时间轴窗中的排列组合和其他的设置，比如切换设置、运动设置和各种滤镜设置等。

（2）New（新建）：New里面包括了Bin（文件包）、Storyboard（故事板）、Title（字幕）、Universal Counting Leader（普遍的计算机领导者）、Bars and tone（节线和音调）、Black Video（黑色视频）、Color Matte（不光滑颜色）和Offline File（脱机文件）。这里着重说明一下Storyboard面板，Storyboard（故事板）视窗也是Premiere Pro 2.0新增的一个工具，利用该工具可以快速地、可视化地编辑自己的视频作品，然后可以将Storyboard视窗中的片段输出到Timeline视窗中（Project>Automate to Timeline），或者直接在选定的视频设备上进行播放。Storyboard视窗可以帮助快速地、可视化地设定自己的故事流程，通过拖放就可以向视窗中添加视频片段，在视窗中拖放片段可以重新定义位置，流程箭头将自动进行调整以实时反馈修改后的流程，在流程的最后显示的是结束标记。Storyboard视窗中的片段都是以图标的形式显示，不论片段中包含的是视频还是音频。在图标上将显示片段的标题、时间编码和编写的注释，并且在视窗底部显示整个片段组合的时间长度。Storyboard视窗所提供的功能不止是排列片段，双击视窗中的片段可以在Clip视窗中设置片段的开始和结束点，以及设置标记。该视窗中所带的菜单可以使定位原始片段，添加片段到项目中，修改片段的播放速度以及静态片段的延迟时间。应用Storyboard视窗的工作流程：首先在Storyboard视窗中引入所需要的素材，然后进行定制流程和开始结束等参数，设定后选择Project>Automate to Timeline命令，系统将弹出Automate Timeline对话框，设定后按OK按钮即可将Storyboard视窗中的片段输出到Timeline视窗中，并同时输出到Project视窗中。

（3）Open（打开）命令：用此命令来打开一个已有的文件。Premiere可以打开各种格式的文件，比如剧本文件、批处理文件、库文件、序列文件和各种格式的素材文件等；此命令将根据所打开文件的类型自动打开相应的窗口，比如素材文件置于素材窗口中，序列文件置于序列窗口中，快捷键为Ctrl+O。

（4）Open Recent File（打开最近的文件）：此命令打开最近一次被打开的文件。

（5）Open Recent Project（打开最近的项目）：此命令打开最近一次被打开的项目。

（6）Close（关闭）：此命令用来关闭当前打开的文件或者是项目，快捷键为Ctrl+W。

（7）Save（保存）：此命令用来保存当前编辑的窗口，保存为相应的文件，快捷键为Ctrl+S。

（8）Save As（另存为）：此命令用来将当前编辑的窗口保存为另外的文件，快捷键为Ctrl+Shift+S。

（9）Revert（恢复）：将最近一次编辑的文件或者项目恢复原状。

（10）Capture（捕获）：此命令又分4种捕获类型：Batch Capture（批处理捕获）、Movie Capture（电影捕获）、Stop Motion（停止运动）和Audio Capture（音频捕获）。

（11）Import（输入）：此命令用来输入一个文件到Bin文件包里面去。

（12）Export Clip（输出片段）：此命令用来输出当前制作的电影片段。

（13）Export Timeline（输出时间线）：此命令用来输出当前编辑的时间线。

（14）Get Properties For（获取属性）：此命令用来获取文件的属性或者选择的内容的属性。

（15）Page Setup（页面设置）：此命令用来设置打印的页面属性。

（16）Print（打印）：此命令用来打印当前窗口。

（17）Exit（退出）：此命令用来退出Premiere系统界面。

9.1.2 Edit（编辑）

Edit菜单主要包括了一些常用的编辑功能及Premiere中特有的影视编辑功能。

（1）Undo（取消操作）：此命令用来取消上一步操作。

（2）Redo（重复操作）：此命令用来重复上一步操作。

（3）Cut（剪切）：此命令用来剪切选中的内容，然后将其粘贴到其他地方去。

（4）Copy（复制）：此命令用来复制选中的内容，然后将其粘贴到其他地方去。

（5）Paste（粘贴）：此命令用来把刚刚复制或者剪切的内容粘贴到相应的地方。

（6）Paste to Fit（粘贴到适合）：此命令用来把刚刚复制或者剪切的内容粘贴到合适的位置。

（7）Paste Attributes（粘贴属性）：此命令用来显示出所要粘贴的内容的属性。

（8）Paste Attributes Again（重复粘贴属性）：此命令用来详细了解粘贴的内容的属性。

（9）Clear（清除）：此命令用来清除所选中的内容。

（10）Duplicate Clip（片段副本）：此命令用来制作片段的副本。

（11）Deselect All（取消全部选定）：此命令用来取消刚刚全部选定的内容。

（12）Select All（全部选定）：此命令用来全部选定当前窗口里面的内容。

（13）Find（查找）：此命令用来在剧本窗口中查找定位素材，也可以在构造窗口中定位编辑线位置。

（14）Locate Clip（查找片段）：此命令用来在剧本窗口中查找定位素材片段。

（15）Edit Uriginal（编辑初始化）：此命令用来将编辑进行初始化。

（16）Preferences（参数选择）：此命令用来进行编辑参数的选择，进行各种参数的设置。

9.1.3 Project（剧本）

剧本下拉式菜单的主要作用是管理剧本以及剧本窗口中的素材，还包括预览制作的影视作品以及查找功能。

下面分别介绍剧本下拉菜单中的各种命令。

（1）Project Settings（剧本设置）：在这里面又分为5类：General（普通）、Video（视频）、Audio（音频）、Keyframe and Rendering（关键帧和渲染）和Capture（捕获）。

（2）Settings Viewer（查看设置）：此命令用来查看当前的参数设置。

（3）Remove Unused Clips（移动不常用素材）：此命令用来移动不经常使用的素材。

（4）Replace Clips（取代素材）：此命令用来用另外的素材取代当前使用的素材。

（5）Automate to Timeline（使时间线自动化）：此命令用来使时间线上的片段自动排列。

（6）Export Bin from Project（从剧本输出文件包）：此命令用来从剧本那里输出文件包。

（7）Utilities（效用）：此命令用来整理剧本文件的。里面包括两种命令：Batch Processing（整批过程）和Project Trimmer（剧本整理）。

9.1.4 Clip（素材）

素材下拉菜单的主要功能是对时间线窗口中的各种素材进行编辑处理。

（1）Properties（属性）：此命令用来显示当前素材片段的属性，快捷键为Ctrl+Shift+H。

（2）Set Clip Name Alias（设置素材名称别名）：此命令用来对素材进行重命名快捷键为Ctrl+H。

（3）Add Clip to Project（添加素材到剧本）：此命令用来把想用到的素材添加到剧本中去，快捷键为Ctrl+J。

（4）Inset in Edit Line（插入到编辑线）：此命令用来将素材插入到当前的编辑线上去，快捷键为Ctrl+Shift+。

（5）Overlay at Edit Line（覆盖编辑线）：此命令用来将素材覆盖当前的编辑线上的素材，快捷键为Ctrl+Shift+。

（6）Enable Clip on Timeline（在时间线上激活素材）：此命令用来将时间线上的素材激活，然后进行下一步操作。

（7）Lock Clip on Timeline（在时间线上锁定素材）：此命令用来将时间线上的素材锁定，

使该素材不能进行进一步编辑。

（8）Unlink Audio and Video（解开音频和视频）：此命令用来解开原来被锁定的音频和视频。

（9）Video Options（视频选项）：此命令用来设置素材的视频的各种参数以及运动方向。

（10）Audio Options（音频选项）：此命令用来设置素材的音频的各种参数。

（11）Advanced Options（高级选项）：此命令用来设置像素的大小之类的参数。

（12）Duration（持续时间）：此命令用来显示或者修改素材的持续时间，快捷键为Ctrl+R。

（13）Speed（播放速度）：此命令用来显示或者修改素材的播放速度，快捷键为Ctrl+Shift+R。

（14）Open Clip（打开素材）：此命令用来打开素材，播放素材的内容，快捷键为Ctrl+Shift+L。

（15）Open Master Clip（打开虚设素材）：此命令用来打开所有虚设素材，快捷键为Ctrl+Shift+T。

（16）Replace With Resource（替换为来源）：此命令用来用源文件替代当前的素材。

（17）Set Clip Marker（设置素材标记）：此命令用来设置素材的标记。

（18）Go to Clip Marker（转到素材标记）：此命令用来指向某个素材标记。

（19）Clear Clip Marker（清除素材标记）：此命令用来清除已经设置的某个素材标记。

9.1.5 Timeline（时间线）

时间线下拉菜单的主要功能是对素材片段进行编辑，并最终生成电影。

（1）Preview（预览）：此命令用来预览时间线上的素材的内容，快捷键为Enter键。

（2）Render Work Area（渲染工作区）：此命令用来对工作区内的素材进行预览生成电影。

（3）Render Audio（渲染音频）：此命令用来对音频进行预听。

（4）Razor at Edit Line（编辑线上的剃刀）：此命令用来对编辑线上的素材进行剪切编辑。

（5）Ripple Delete（涟漪删除）：此命令用来删除编辑线上的素材，后面的素材向前推进。

（6）Apply Default Transition（应用默认过渡）：此命令用来使用系统默认的过渡在当前编辑的素材上，快捷键为Ctrl+D。

（7）Transition Settings（过渡设置）：对当前使用的过渡进行各种参数的设置。

（8）Zoom In（放大）：此命令用来对当前时间线上的素材片段进行放大处理。

（9）Zoom Out（缩小）：此命令用来对当前时间线上的素材片段进行缩小放大处理。

（10）Edge View（边缘查看）：此命令用来查看当前时间线上的素材的边缘。

（11）Snap to Edges（咬合边缘）：此命令用来设置编辑线和素材的边缘咬合。

（12）Sync Selection（Sync选择）：此命令用来选择Sync选项。

（13）Add Video Track（添加视频轨道）：此命令用来在时间线窗口中添加视频轨道。

（14）Add Audio Track（添加音频轨道）：此命令用来在时间线窗口中添加音频轨道。

（15）Track Options（轨道选项）：此命令用来设置轨道的各种参数选项。

（16）Hide Shy Tracks（隐藏虚拟轨道）：此命令用来隐藏时间线窗口中的虚拟轨道。

（17）Set Timeline Marker（设置时间线标记）：此命令用来设置时间线的标记。

（18）Go to Timeline Marker（转到时间线标记）：此命令用来指向时间线标记。

（19）Clear Timeline Marker（清除时间线标记）：此命令用来清除已经设置的时间线标记。

（20）Edit Timeline Marker（编辑时间线标记）：此命令用来设置编辑时间线的标记。

9.1.6 Window（窗口）

窗口下拉菜单的主要功能是对各种编辑工具进行管理，可以通过它对编辑工具进行打开或者隐藏操作。

（1）Window Options（窗口选项）：此命令用来对窗口上各个窗口的各个选项进行参数显示和设置。

（2）Workspace（工作区）：此命令用来对工作区域进行管理。

（3）Timeline（时间线窗口）：此命令用来显示或者隐藏当前窗口的时间线窗口。

（4）Monitor（监视窗口）：此命令用来显示或者隐藏当前窗口的显示窗口。

（5）Audio Mixer（音频混音器窗口）：此命令用来显示或者隐藏当前窗口的音频混音器。

（6）Hide Navigator（隐藏导航窗口）：此命令用来显示或者隐藏当前窗口的导航窗口。

（7）Show History（显示历史窗口）：此命令用来显示或者隐藏当前窗口的历史记录窗口。

（8）Show Commands（显示命令窗口）：此命令用来显示或者隐藏当前窗口的命令窗口。

（9）Show Transitions（显示过渡窗口）：此命令用来显示或者隐藏当前窗口的过渡窗口。

（10）Show Audio Effects（显示音频效果窗口）：此命令用来显示或者隐藏当前窗口的音频效果窗口。

（11）Hide Video Effects（隐藏视频效果窗口）：此命令用来显示或者隐藏当前窗口的视频效果窗口。

（12）Show Effect Controls（显示效果控制窗口）：此命令用来显示或者隐藏当前窗口的效果控制窗口。

（13）Show Info（显示信息窗口）：此命令用来显示或者隐藏当前窗口的信息窗口。

（14）Project：1. ppj：此命令用来显示最近打开过或者编辑过的剧本。

9.1.7 Title（字幕）

字幕窗口的主要功能是在Premiere Pro 2.0中进行字幕的制作，使得Premiere电影更加引人入胜，更加丰富多彩。刚刚打开Premiere软件的时候，Title字幕窗口并没有出现在菜单栏上，要让它显示出来的话，需要执行New>Title命令或者按下F9快捷键，打开Title字幕编辑窗口才可以。

（1）Font（字体）：此命令可以用来设置当前字幕编辑窗口中的字的字体、字体样式、字的大小和语系等，有一个区域可以看到设置后的字示例。

（2）Size（大小）：此命令可以用来设置当前字幕编辑窗口中的字的大小，能自由地将字设置为自己理想的大小。

（3）Style（风格）：此命令可以用来设置当前字幕编辑窗口中的字的风格，系统提供的风格有5种：Plain（平滑型）、Bold（粗体型）、Italic（斜体型）、Underline（下画线型）和Emboss（浮雕型）。

（4）Justify（对齐方式）：此命令可以用来设置当前字幕编辑窗口中的字的对齐方式，系统提供的对齐方式有3种：Left（左对齐）、Right（右对齐）和Center（中间对齐）。

（5）Leading（导向）：此命令可以用来设置当前字幕编辑窗口中的字的导向，系统提供了3种命令：More Leading（更多的导向）、Less Leading（更少的导向）和Reset Leading（重新设置导向）。

（6）Orientation（方向）：此命令可以用来设置当前字幕编辑窗口中的字的排列方向，系统提供了两种排列方向：Horizontal（水平方向）和Vertical（垂直方向）。

（7）Rolling Title Options（滚动字幕选项）：此命令可以用来设置当前字幕编辑窗口中的滚动字幕的相关选项，在选定的滚动字幕上点右键，从弹出的菜单中选择Rolling Title Options选项，出现可设置滚动方向及速度的对话框。在Direction项选Move Up，即向上滚动，如勾选Enable Special Timings选项，则可改变滚动速度，如Pre Roll（开始前）、Ramp Up（加速）、Ramp Down（减速）与Post Roll（结束后）均为零帧，则字幕匀速滚动。

（8）Shadow（阴影）：此命令可以用来设置当前字幕编辑窗口中的字的阴影生成，系统提供了3种阴影设置方式：Single（单一）、Solid（浓的）和Soft（淡的）。

注意：在设置阴影之前首先得在字幕编辑窗口左下方的字幕阴影方向设置的区域T处设置阴影的方向，否则看不出阴影设置的效果来。

（9）Smooth Polygon（平滑的多边形）：此命令可以用来设置当前字幕编辑窗口中的画的多边形的平滑程度，使画出来的多边形变得平滑。

（10）Copy Type Style（拷贝类型风格）：此命令可以用来拷贝当前字幕编辑窗口中的字的类型风格。

（11）Paste Type Style（粘贴类型风格）：此命令可以用来粘贴当前字幕编辑窗口中的字的类型风格。

（12）Create Filled Object（创建填充物体）：此命令可以用来创建当前字幕编辑窗口中的没有填充颜色的图形，假如当前的图形是填充颜色的图形的话，此命令就变成了Create Framed Object（创建外框物体）。

（13）Convert to Filled（转换到填充物体）：此命令可以用来转换当前字幕编辑窗口中的没有填充颜色的图形，假如当前的图形是填充颜色的图形的话，此命令就变成了Convert to Framed（转换到外框物体）。

（14）Bring to Front（放置到前面）：此命令可以用来设置当前字幕编辑窗口中的多个图形重叠在一块时的叠加顺序，假如点击此命令的话，当前的图形就在最前面。

（15）Send to Back（放置到后面）：此命令可以用来设置当前字幕编辑窗口中的多个图形

重叠在一块时的叠加顺序，假如点击此命令的话，当前的图形就在最后面。

（16）Center Horizontally（水平居中）：此命令可以用来设置当前字幕编辑窗口中的字幕的水平居中，执行此命令时当前的字幕水平居中。

（17）Center Vertically（垂直居中）：此命令可以用来设置当前字幕编辑窗口中的字幕的垂直居中，执行此命令时当前的字幕垂直居中。

（18）Position in Lower Third（位置在较低的1/3）：此命令可以用来设置当前字幕编辑窗口中的字幕或者图形的位置，执行此命令时字幕或者图形将到字幕编辑窗口的下面1/3的部位。

（19）Remove Background Clip（移动背景素材）：此命令可以用来移动字幕编辑窗口种的背景素材。

9.1.8 Help（帮助）

帮助下拉菜单的主要功能是在使用Premiere Pro 2.0时，遇到困难的话，可以通过它来查找相应的内容，需要一定的英语基础。

下面分别介绍帮助下拉菜单中的各种命令。

（1）Contents（内容）：此命令用来对Adobe Premiere 6.0的内容进行索引。

（2）Search（查找）：此命令用来对在遇到困难时查找Adobe Premiere 6.0的内容里面的相应内容。

（3）Keyboard（键盘）：此命令用来对Adobe Premiere 6.0上用到的快捷键进行介绍。

（4）How to Use Help（如何使用帮助）：此命令用来教如何使用帮助信息。

（5）Adobe Online（Adobe 联机）：此命令用来显示在线Adobe的相关信息。

（6）Support（支持）：此命令用来说明Adobe Premiere 6.0所支持的相关信息。

（7）Updates（升级）：此命令用来提示去升级Adobe Premiere 6.0软件。

（8）Registration（注册）：此命令用来方便去注册Adobe Premiere 6.0软件。

（9）About Premiere（关于Premiere）：此命令用来向显示当前使用的Adobe Premiere的版本等方面的信息。

9.2 Premiere Pro 2.0 常用快捷键

1. 在Movie Capture和Stop Motion视窗中使用下面的快捷键

（1）捕获视频操作快捷键

录制：G

停止：S

快速进带：*F

倒带：R

定点在第一个操作区：*Esc

定点在下一个操作区：*Tab

（2）捕获静止视频操作快捷键

录制：G

停止设备（当有设备进行捕获时候）：S

捕获1到9帧：Alt+数字（从1到9）

捕获10帧画面：0

删除上一次捕获到的所有帧：Delete

2. 时间视窗中使用的快捷键

设定时间线的区域：拖动放缩工具

显示整个节目通过肖像尺寸进行循环：^+［Or］

通过轨道格式循环：^+Shift+［Or］

将编辑线定位在时间标尺的零点处：Home

定点在下一个操作区：*双击它

3. 控制走帧操作快捷键

循环打开窗口：^+Tab

前进一帧：2或方向键→

前进5帧：4或者Shift+→

后退5帧：3或者Shift+←

到第一帧：A或↑

到最后一帧：S或者↓

到下一个编辑点：^+Shift+→

到上一个编辑点：^+Shift+←

4. 控制编辑点操作快捷键

预演：Enter

播放：空格或者~

从编辑线的出点播放：Alt+~

从编辑线的入点播放：Shift +~

快速播放：按多次~或者L

从Preroll到Postroll两点处进行播放：^+~

到下一个编辑点：^+Shift+→

到上一个编辑点：^+Shift+←

停止：空格或者K

从入点到出点循环播放：^+Shift+~

倒播：J或者^+ Alt +~

刷新而不改变画面：拖动时间标尺

浏览到所有效果（过渡、特殊和附加）：Alt+拖动时间标尺

使用可见的Alpha浏览：Alt+Shift+拖动时间标尺

5. 控制入点和出点操作快捷键

标记入点：I，E或者^+Alt+↑

标记出点：O，R或者^+Alt+↓

消除入点：D

消除出点：F

同时消除入点和出点：G

移动到入点：Q或者^+↑

移动到出点：W或者^+↓

6. 控制帧的编辑操作快捷键

激活当前视频目标轨道上的轨道：^+加号

激活当前视频目标轨道下的轨道：^+减号

激活当前音频目标轨道上的轨道：^+Shift+加号

激活当前音频目标轨道下的轨道：^+Shift+减号

到下一个编辑点：^+Shift+→

到上一个编辑点：^+Shift+←

波纹编辑中到一个帧的左边：Alt +←

波纹编辑中到一个帧的右边：Alt +→

波纹编辑中到5个帧的左边：Alt+ Shift+←

波纹编辑中到5个帧的右边：Alt+ Shift+→

滚动编辑中到一个帧的左边：Alt +↑

滚动编辑中到一个帧的右边：Alt +↓

滚动编辑中到5个帧的左边：Alt Shift+↑

滚动编辑中到5个帧的右边：Alt Shift+↓

更新源素材或者素材视窗来适合：T

7. 控制素材的浏览操作快捷键

在源素材和节目视图中：拖动Esc

在节目中插入原始图像：，（逗号）

在节目中代替原始图像：。（句号）

节目外：Lift/

从菜单中除去原始素材：浏览视图+ Control + Backspace

8. 在Timeline进行编辑操作快捷键

循环显示时间模式：^+点击时间标尺

将工作区设置为当前视窗的时间范围：双击工作区

将工作区设置为连续的素材：Alt +单击工作区

设置工作区的开始：^+ Shift+单击工作区

设置工作区在编辑线处开始：Alt + 〔

设置工作区的结尾：^+ Alt +单击工作区

9. 修剪视图操作快捷键

在控制视窗和修剪模式中转换：^+ T

到下一个编辑点：^+Shift+→

到前一个编辑点：^+Shift+←

修剪帧画面的左边：←

修剪帧画面的右边：→

修剪5个帧画面的左边：Shift+←

修剪5个帧画面的右边：Shift+→

10. 标题视窗操作快捷键

提高文本的大小：^+ Alt→

减少文本的大小：^+ Alt←

提高文本大小数量为：5^+ Alt+Shift+←

减少文本大小数量为：5^+ Alt+Shift+→

提高Leading一个单位：Alt+↓

降低Leading一个单位：Alt+↑

提高Leading5个单位：Alt+Shift+↓

降低Leading5个单位：Alt+Shift+↑

提高/降低：Kerning Alt+→/ Alt+←

稍微移动物体向上、下、左、右1个像素：↑↓←→

稍微移动物体向上、下、左、右5个像素：Shift+↑，Shift+↓，Shift+←，Shift+→

设置背景为黑色：B

设置背景为白色：W

重设颜色和阴影到默认效果：Z

打开draft模式或关闭：~

在物体集合中高层的物体：。（句号）

在物体集合中低层的物体：,（逗号）

11. 编辑音频操作快捷键

摇移：Alt + 拖动蓝色的摇移控制

精确的渐进：拖动红色的渐进控制，连续地拖动

精确的摇移：Alt +拖动蓝色的摇移控制，连续地拖动